Kleine
Schritte

Louis Sachar

Kleine Schritte

Aus dem amerikanischen Englisch
von Werner Löcher-Lawrence

Bibliografische Information der Deutschen Nationalbibliothek
Die Deutsche Nationalbibliothek verzeichnet diese Publikation in der Deutschen Nationalbibliografie; detaillierte bibliografische Daten sind im Internet über http://dnb.d-nb.de abrufbar

FSC www.fsc.org MIX Papier aus verantwortungsvollen Quellen FSC® C014496

5 4 3 2 1 18 17 16 15 14

Titel der Originalausgabe: Small Steps
Die Originalsausgabe erschien 2006 bei Delacorte Press, New York, und Bloomsbury Publishing Plc, London

Sonderausgabe für Krapp & Gutknecht Verlag GmbH

Der Titel erschien erstmals 2006 im Bloomsbury Verlag GmbH, Berlin

Text: Louis Sachar
Übersetzung: Werner Löcher-Lawrence
Covergestaltung: Rothfos & Gabler, Hamburg

ISBN 978-3-941206-77-9

www.bloomoon-verlag.de

Für Laura und Nancy –
für alles, was ihr mir beigebracht habt.

1.

Wieder einmal hielt Deo eine Schaufel in der Hand, aber diesmal bekam er Geld dafür. Sieben Dollar und fünfundsiebzig Cent gab es pro Stunde. Er arbeitete für Raincreek – Bewässerung und Landschaftsbau. Im Moment buddelte er einen Graben durch den Garten des Hauses, das der Bürgermeisterin von Austin gehörte. Die Frau hatte einen ungewöhnlichen Namen: Sie hieß Cherry Lane. Deo stieß vorsichtig mit der Schaufel in die Erde, damit die Rasenstücke später wieder zurückgelegt werden konnten. Die Schaufel war eigentlich ein Spaten, rechteckig und kurz, ganz anders als die spitz zulaufenden Schaufeln mit den anderthalb Meter langen Stielen, die sie in der Jugendbesserungsanstalt Camp Green Lake benutzt hatten.

Schweißperlen rannen unter seiner roten Raincreek-Kappe hervor. Sein Hemd war pitschnass geschwitzt. Dass er viel schwitzte, hatte jedoch nichts mit seinem Spitznamen »Deo« zu tun. Den hatten sie ihm vor mehr als drei Jahren in seiner ersten Woche in Camp Green Lake verpasst. Ein Skorpion hatte ihn in den Arm gestochen, und der Schmerz war ihm hoch in die Achsel gezogen, wo er sich's gemütlich machte. Es fühlte sich an, als säße ihm dort eine heiße Nadel im Fleisch, und es brannte fürchterlich. »Pass auf, dass dir das Deo nicht ausgeht«, hatten sie ihn geärgert. Der Schmerz ging irgendwann weg, aber der Name blieb.

»Theodore!«, rief sein Boss. Er hieß Jack Dunlevy, war ein Weißer und etwa Ende dreißig. »Hier ist jemand, der dich gern kennen lernen würde.«

Deo hörte mit dem Buddeln auf und sah, wie sein Boss und eine Frau näher kamen. Die Frau trug Bluejeans und ein weites weißes Hemd. Ihr langes silbergraues Haar hatte sie hinten zu einem Zopf zusammengebunden. Austin hatte den Ruf, etwas komisch zu sein, und die Bürgermeisterin passte bestens dazu.

»Das ist Theodore Johnson«, sagte Deos Boss.

Cherry Lane streckte die Hand aus. »Wie geht's, Theodore?«

Deo war einen Kopf größer als die Bürgermeisterin. Er hatte breite Schultern und muskulöse Arme. Früher war er ein bisschen übergewichtig gewesen, aber all das Graben und Schwitzen hatte jedes Gramm überschüssiges Fett verschwinden lassen.

»Gut«, sagte er und wischte sich die schmutzigen Hände an den Shorts ab. »Entschuldigen Sie, ich bin ein bisschen verschwitzt.«

»Das ist schon okay«, sagte die Bürgermeisterin und schüttelte ihm die Hand. Sie hatte einen ziemlich festen Griff. »Ich habe von den schrecklichen Dingen gehört, die in Camp Green Lake passiert sind. Ich möchte, dass Sie wissen, wie sehr ich Sie dafür bewundere, dass Sie Ihrem Leben eine neue Richtung gegeben haben.«

Deo wusste nicht recht, was er sagen sollte. »Und ich bewundere, was Sie für Austin getan haben.«

Er hatte keine Ahnung, was sie für die Stadt getan hatte, er wusste nur, dass sie eine überzeugte Umweltschützerin sein sollte, was ihn persönlich interessierte, aber weniger betraf. Es war bekannt, dass Austin, was die Umwelt anging, ziemlich auf der Höhe war. Da gab es die Naturschutzgebiete, die Wander- und Fahrradwege – nur befand sich das alles in der sanften Hügellandschaft westlich der Stadt. Die meisten Schwarzen wohnten jedoch genau wie Deo im flachen Osten von Austin.

Ein Moskito summte an seinem Ohr, und er schlug danach. Wenigstens hatte es in Green Lake keine Moskitos gegeben. Dazu war es zu trocken gewesen.

Wegen eines Eimers Popcorn hatten sie ihn ins Camp geschickt. Mit dem Eimer im Arm hatte er sich im Kino durch eine Reihe mit Schülern gequetscht, die alle in die Abschlussklasse der High-School gingen. Er war erst vierzehn, und einer der Älteren stellte ihm ein Bein. Dann schrien sie ihn an, weil sein Popcorn auf sie herunterregnete, und er wollte, dass sie ihm das Popcorn bezahlten. Als alles vorbei war, lagen zwei von den älteren Jungs im Krankenhaus, und er war unterwegs in die Besserungsanstalt für schwer erziehbare Jugendliche Camp Green Lake.

Der Name Green Lake war ein schlechter Witz. Vierzehn Monate hatte er in dem ausgetrockneten See gestanden und nichts anderes gemacht, als Löcher gebuddelt. Da war kein Grün und schon gar kein Wasser mehr.

Als er sich später für den Job bei Raincreek bewarb, warnte ihn Jack Dunlevy, dass es einiges zu graben geben würde. Worauf Deo nur lachte und sagte: »Kein Thema.«

Nach dem Camp war er für sechs Monate in ein offenes Haus in San Antonio gekommen, wo er zur Schule ging und mit Ratschlägen für sein weiteres Leben bedacht wurde. Ihn mitgerechnet, wohnten sechzehn Jungen in dem Haus. Die Sozialarbeiterin erklärte ihm, dass die Rückfallquote schwarzer Jugendlicher bei dreiundsiebzig Prozent liege. Folge man also der Statistik, würden elf oder zwölf von ihnen noch vor ihrem achtzehnten Lebensjahr wieder eingesperrt. Und bei denen ohne High-School-Abschluss liege die Quote noch höher.

»Wenn dir das Leben schon unfair erschien, bevor sie dich nach Green Lake schickten«, sagte sie zu Deo, »kommt's jetzt doppelt so dick. Ab sofort rechnen die Leute bei dir mit dem Schlimmsten, und so werden sie dich auch behandeln.«

Sie sagte, er werde sich vorkommen, als wollte er einen Wildwasserbach hinaufklettern. Der Trick bestehe darin, kleine Schritte zu machen und nicht aufzugeben. Falls er versuche, zu große Schritte zu machen, werde ihm die Strömung die Füße unter dem Hintern wegreißen und ihn flussabwärts spülen.

Als er zurück nach Austin kam, setzte er sich fünf Ziele, seine ersten fünf kleinen Schritte: 1. Den High-School-Abschluss machen. 2. Sich einen Job suchen. 3. Alles Geld auf die Seite legen. 4. Sich aus Situationen heraushalten, die aus dem Ruder laufen könnten. Und 5. Den Namen Deo loswerden.

Jack Dunlevy brachte immer ein Radio mit zur Arbeit, und gerade lief ein Song von Kaira DeLeon.

I'm gonna take you for a ride,
And we're gonna have some fun!

Komm, ich nehm dich ein Stück mit,
Und das wird ein Riesenspaß!

Die Bürgermeisterin, die gerade gehen wollte, kam noch einmal zurück. »Ich liebe diesen Song!«, rief sie.

I'm gonna take you for a ride,
Ooh, and we're gonna have some fun!

Komm, ich nehm dich ein Stück mit,
Oh, was wird das für ein Spaß!

Cherry Lane hob die Arme in die Luft und wippte im Takt der Musik. Deo biss sich auf die Lippen, um nicht zu lachen. Immerhin gab es Musik. In Camp Green Lake hatten sie nicht Radio hören können, während sie ihre Löcher buddelten.

I'm gonna take you someplace
you never been before,
And you'll never be the same again!

Ich nehm dich mit an einen Ort,
An dem du noch nie warst,
Und hinterher wirst du ein anderer sein!

2.

Ein rostiger Honda Civic kam scheppernd die Straße herunter und parkte gegenüber vom Haus der Bürgermeisterin. Deo hatte seine Gräben fertig ausgehoben und verlegte ein PCB-Rohr. Die Bürgermeisterin war längst wieder im Haus.

Die Fahrertür des Honda war eingedellt, aber die Reparatur hätte mehr gekostet, als der Wagen wert war. Also kletterte der Fahrer über den Schaltknüppel und stieg auf der Beifahrerseite aus.

Auf dem Nummernschild stand: »X-Ray«. So was kostete extra.

»Deo!«, schrie X-Ray, als er über die Straße kam. »Deo!«

Keiner hier kannte seinen Spitznamen, aber wenn er nicht antwortete, würde X-Ray mit Sicherheit einfach weiterbrüllen.

»Hi«, rief Deo.

»Mann, das nenn ich Schwitzen«, sagte X-Ray, als er näher kam.

»Du würdest auch schwitzen, wenn du hier graben müsstest.«

»Ich hab schon so viel Dreck geschippt, das reicht für 'n ganzes Leben«, sagte X-Ray.

Die beiden kannten sich aus Camp Green Lake.

»Hör mal, nenn mich nicht Deo, wenn andere Leute in der Nähe sind, klar?«, sagte Deo.

»Aber das ist dein Name, Spraydose. Du solltest dich nicht dafür schämen, wer du bist.«

Wenn X-Ray lächelte, konnte man ihm einfach nicht böse sein, egal, wie sehr er einem auf die Nerven ging. Er war hager und trug eine Brille, auf der ein Sonnenaufsatz steckte.

X-Ray nahm Deos Spaten. »Hat 'ne andere Form.«

»Ja, der ist zum Gräbenausheben, nicht zum Löcherbuddeln.«

X-Ray sah sich den Spaten eine Weile an. »Scheint mir, als wär's damit schwerer. Kein richtiger Hebel.« Er ließ ihn fallen. »Da musst du ja gute Kohle machen.«

Deo zuckte mit den Achseln. »Ist okay.«

»Echt gute Kohle«, wiederholte X-Ray.

Deo wollte mit X-Ray nicht über Geld reden.

»Also mal ehrlich, wie viel hast du schon zusammengespart?«

»Ich weiß nicht. Nicht so viel.«

Er wusste genau, wie viel es war. Achthundertsiebenundfünfzig Dollar. Mit dem nächsten Scheck hoffte er, über die Tausend zu kommen.

»Müssen mindestens tausend sein«, sagte X-Ray. »Du schuftest doch schon seit drei Monaten.«

»Nur Teilzeit.«

Neben der Arbeit hatte Deo zwei Kurse an der Sommerschule belegt. Er musste immer noch Stoff nachholen, den er in Green Lake verpasst hatte.

»Und dann ziehen sie noch die Steuer und so ab. Da bleibt dir am Ende nicht viel.«

»Achthundert?«

»Ich weiß nicht. Vielleicht.«

»Du, weshalb ich frage«, sagte X-Ray. »Ich will dir ein Geschäft vorschlagen. Wie würde es dir gefallen, dein Geld in weniger als zwei Wochen zu verdoppeln?«

Deo lächelte und schüttelte den Kopf. »Hör auf. Ich weiß nicht.«

»Ich brauche nur sechshundert Dollar. Du bekommst eintausendzweihundert zurück. Garantiert. Und ich zieh dir auch keine Steuern ab.«

»Mann, im Moment läuft es ganz gut für mich, und ich möchte, dass das auch noch 'ne Weile so bleibt.«

»Willst du nicht wenigstens hören, worum es geht?«

»Nicht wirklich.«

»Die Sache ist völlig legal«, beteuerte X-Ray. »Ich hab's abgecheckt.«

»Ja, genau. Und Petersilientütchen für fünfzig Dollar das Gramm zu verkaufen, war deiner Meinung nach ja auch völlig legal.«

»Ich kann doch nichts dafür, was die Leute denken, das sie kaufen. Was kann ich dafür? Ich bin doch kein Hellseher!«

X-Ray war in Camp Green Lake gewesen, weil er Tüten mit getrockneter Petersilie und Oregano verkauft hatte, und die Leute dachten, es wäre Marihuana. Deshalb musste seine Familie auch von Lubbock nach Austin ziehen, kurz nachdem er aus Camp Green Lake entlassen wurde.

»Mann, bei mir läuft es im Moment ganz gut«, sagte Deo, »und das will ich mir auf keinen Fall kaputtmachen lassen.«

»Na hör mal! Glaubst du wirklich, dass ich gekommen

bin, um dir was kaputtzumachen? Mann, ich biete dir ein super Geschäft an. Das ist die Chance deines Lebens. Wenn die Brüder Wright zu dir kämen, würdest du denen wahrscheinlich auch erklären wollen, dass es unmöglich ist zu fliegen.«

»Die *Brüder Wright*?«, sagte Deo. »In was für einem Jahrhundert lebst du eigentlich?«

»Ich kapier's einfach nicht«, sagte X-Ray. »Ich kapier's nicht. Ich biete meinem besten Freund an, sein Geld zu verdoppeln, und er will nicht mal wissen, worum es geht.«

»Also gut, worum geht es?«

»Vergiss es. Wenn du kein Interesse hast, suche ich mir einen anderen.«

»Nun sag schon.« Deo war tatsächlich ein kleines bisschen neugierig geworden.

»Wozu denn?«, fragte X-Ray. »Wenn du nicht mal zuhörst ...«

»Okay, ich hör ja zu«, sagte Deo.

X-Ray lächelte. »Nur zwei Worte.« Er machte eine theatralische Pause. »Kaira DeLeon.«

In Austin war es halb zwölf. In Atlanta, wo Kaira DeLeon, ein siebzehnjähriges schwarzes Mädchen, gerade erst aufwachte, war es bereits eine Stunde später. Ihr Gesicht war gegen ihr Lieblingskissen gepresst, das schon nicht mehr besonders flauschig und ziemlich ausgefranst an den Ecken war. Der Bär auf dem Ball, der darauf abgebildet war, war so verblasst, dass er kaum noch zu erkennen war.

Immer noch leicht benommen stieg sie aus dem Bett. Sie trug Boxershorts und knöpfte ihr Pyjamaoberteil auf, während sie zu einer Tür stapfte, die sie für die Badezimmertür hielt.

Sie öffnete die Tür und stieß einen Schrei aus. Ein weißer dreißigjähriger Mann saß auf einer Couch und starrte sie an. Sie hielt mit den Händen ihr Pyjamaoberteil zusammen und knallte die Tür zu, die aber gleich wieder aufflog.

»Idiot!«, rief sie und schlug die Tür noch einmal zu, wobei sie sich vergewisserte, dass sie tatsächlich ins Schloss fiel. »Kann man denn hier nirgends ein bisschen Privatsphäre haben?«, schrie sie und ging zum Bad, das auf der gegenüberliegenden Seite lag.

Während der letzten dreieinhalb Wochen hatte sie in nicht weniger als neunzehn verschiedenen Hotelsuiten gewohnt, von denen jede einzelne mindestens drei Zimmer gehabt hatte, eine sogar sechs. Da war es wirklich kein Wunder, wenn sie sich in der Tür irrte. Sie konnte sich nicht mal daran erinnern, in welcher Stadt sie gerade war.

Polly, ihre Analytikerin, würde ihr wahrscheinlich erklären, sie hätte das mit Absicht getan: weil sie sich aus irgendeinem Grund ihrem Leibwächter zeigen wollte. Vielleicht war es das Beste, Polly erst gar nicht davon zu erzählen. Worüber sie bei ihrer Therapie sprachen, sollte eigentlich vertraulich sein, aber Kaira vermutete, dass Polly alles brühwarm an El Genius weitergab.

Sie hatte einfach keine Privatsphäre, weder in ihren Hotelzimmern noch in ihrem Kopf.

Das Problem war, dass sie außer Polly niemanden hatte, mit dem sie während der Tournee sprechen konnte. Mit ihrer Mutter ging es auf keinen Fall. Und auch nicht mit ihrem idiotischen Leibwächter. Die Typen aus ihrer Band waren alle mindestens vierzig und behandelten sie wie ein rotznasiges Kleinkind. Die Hintergrundsängerinnen waren zwar erst Ende zwanzig, schienen aber neidisch zu sein, weil Kaira immer im Mittelpunkt stand.

Nur auf der Bühne fühlte sie sich wohl, nur wenn sie sang. Dann gab es nur sie und ihre Lieder. Alles andere verschwand.

Auf ihrem Tourneeplan standen insgesamt vierundfünfzig Städte, und sie hatte noch nicht mal die Hälfte erledigt. Im Moment waren sie auf dem südlichen Teil der Route. Als Nächstes ging es nach Jacksonville, Miami, Birmingham, Memphis, Nashville, Little Rock, Baton Rouge und dann nach Texas: Houston, Austin und Dallas. Ursprünglich hatte San Antonio auf dem Plan gestanden und nicht Austin, aber das war in letzter Minute geändert worden, weil es im Alamodome ein Monster-Truck-Rennen gab. Kaira war das egal. Sie hatte von der Änderung nicht einmal etwas mitbekommen.

Darum kümmerten sich andere Leute. Um alles kümmerten sich andere Leute. Kaira hatte aus Versehen ihr Bärenkissen in New Haven liegen gelassen, und Aileen, die Frau, die ihre Tournee organisierte, war zurück nach Connecticut geflogen und hatte es persönlich geholt.

* * *

Nach einer halben Stunde kam sie aus dem Bad, trug einen Hotelbademantel, rief den Zimmerservice und bestellte Orangensaft, Pfannkuchen, einen Cappuccino und Pommes frites. Das musste bis zum Konzert reichen. Wenn sie vor ihrem Auftritt zu essen versuchte, kam alles gleich wieder heraus. Nach dem Konzert aß sie normalerweise eine Schüssel Eiskrem.

Sie zog sich an und ging hinaus ins Empfangszimmer. Der Idiot saß immer noch da und sah ihre Post durch.

»Wenn ich achtzehn bin, bist du der Zweite, den ich rauswerfe.«

Er sah nicht mal auf. Er hörte das nicht zum ersten Mal.

Im Fernsehen lief CNN. Kaira wechselte zum Zeichentrickkanal. Der Erste, den sie rauswerfen würde, war El Genius. Er war ihr Finanzberater und Agent und zufällig auch noch der Mann ihrer Mutter. Sie hatten kurz vor der Tournee geheiratet. Sein wirklicher Name war Jerome Paisley, aber er wollte tatsächlich, dass ihn die Leute El Genius nannten. Wie sehr sich Kaira auch anstrengte, den Namen sarkastisch auszusprechen, er nahm es immer als Kompliment.

Ihr Vater war im Irak umgekommen. Er hieß John Spears. Kairas wirklicher Name war Kathy Spears, aber es gab schon eine berühmte Sängerin mit dem Nachnamen.

El Genius hatte die Idee, sie Kaira DeLeon zu nennen.

»Du meinst, wie Ponce de León?«, fragte Kaira.

»Wer?«

Was für ein Genie.

Kaira erklärte dem *Genius*, wer Ponce De León war, weshalb ihre erste CD dann auch »The Fountain of Youth« hieß – »Der Jungbrunnen«. El Genius dachte, es sähe edel aus, wenn DeLeon in einem Wort geschrieben würde, mit einem Großbuchstaben in der Mitte.

Kaira hatte in der vierten Klasse alles über Ponce de León gelernt, als sie mit ihren Eltern im Marineflieger-Stützpunkt in Pensacola gelebt hatte. Dort musste sie die

Geschichte Floridas lernen. Am Ende des Jahres lebte sie in Fort Myer, wo sie in der Schule die Geschichte Virginias lernte. Sie hatte noch nie ein ganzes Schuljahr an einem Ort verbracht.

»Was Neues von Billy Boy?«, fragte sie Fred.

Fred schüttelte den Kopf.

»Schade«, sagte Kaira. »Er schreibt so reizende Briefe.«

»Das ist nicht witzig.«

»Ich find's wahnsinnig komisch«, sagte Kaira und sang: *»Oh, where have you been, Billy Boy, Billy Boy? Oh, where have you been, charming Billy? – Wo warst du, Billy Boy, wo warst du, entzückender Billy?«*

Billy Boy hatte ihr bis jetzt vier Briefe geschrieben. Darin stand, dass sie süß sei, wie ein Vogel singe und dass er sie eines Tages umbringen werde.

Nach dem ersten Brief hatte El Genius Fred engagiert. Kaira würde es nicht wundern, wenn El Genius die Briefe selber geschrieben hatte, damit sie aus Angst ihr Hotelzimmer nicht mehr verließ. Er musste immer die Kontrolle haben. Bestimmt erzählte ihm Fred genau, was sie tat.

»Da ist noch ein Heiratsantrag«, sagte Fred.

»Weiß oder schwarz?«

In dem Brief steckte ein Foto. Fred betrachtete es. »Weiß«, sagte er.

»Was ist nur los mit euch Typen?«, fragte Kaira.

Das war jetzt der siebte Antrag, und alle kamen sie von weißen Jungs.

Fred steckte den Brief und das Foto vorsichtig in eine Plastiktüte.

»Wozu machst du das?«

»Fürs FBI.«

»Der will mich heiraten, nicht umbringen«, sagte Kaira.

»Für einige Leute ist das das Gleiche«, sagte Fred.

Kaira warf ihm einen überraschten Blick zu. Der Idiot hatte tatsächlich was Tiefsinniges von sich gegeben.

»Zeig mal her.«

Fred gab ihr die Plastiktüte.

Kaira lachte, als sie das Bild sah. »Sieht aus wie du!« Das Foto zeigte einen sehr muskulösen Mann, mit bloßem Oberkörper. Der einzige Unterschied war, dass er langes gewelltes Haar hatte, während Fred eine Art Stoppelglatze hatte.

»Du solltest deine Haare wachsen lassen«, sagte Kaira, als sie ihm die Tüte zurückgab.

Sieben Heiratsanträge, und dabei hatte sie noch nicht einmal einen Freund gehabt.

* * *

»Okay, die Sache ist folgende«, sagte X-Ray. »Hör zu. Weil in San Antonio irgendwas falsch gelaufen ist, haben sie kurzfristig Austin auf den Tourneeplan gesetzt. Die Karten dafür werden von übermorgen an verkauft. Fünfundfünfzig Dollar das Stück.«

»Fünfundfünfzig Dollar für eine einzige Karte? Du spinnst wohl.«

»In Philadelphia sind zwei Plätze in der ersten Reihe für siebenhundertfünfzig Dollar weggegangen. Pro Karte.«

Deo konnte es nicht glauben. »Siebenhundertfünfzig …«

»Pro Karte«, wiederholte X-Ray.

»Sie hat eine gute Stimme«, sagte Deo. »Ein bisschen frech und verspielt, weißt du? Man hört sie immer raus.«

X-Ray sah ihn an, als wäre er durchgedreht. »Ich will keine Musikkritik! Ich will sechshundert Dollar!« Er redete so, als wäre noch jemand da. »Macht der mir hier 'ne Musikkritik. Ist plötzlich 'n verdammter Experte.«

»Wenn ich nicht glauben würde, dass sie singen kann, würde ich dir keine sechshundert Dollar geben.«

»Das heißt, du gibst mir die Kohle?«

Deo ließ sich die Sache durch den Kopf gehen.

»Pass auf, mein Vorschlag ist der«, erklärte X-Ray. »Sie verkaufen pro Kopf nur sechs Karten. Das sind zwölf für uns zwei. Macht sechshundertsechzig Dollar. Sechzig habe ich, den Rest brauche ich von dir. Du musst rein gar nichts machen. Ich übernehme die ganze Arbeit, und dann teilen wir uns den Gewinn.«

Deo ließ langsam Luft ab. »Sechshundert Dollar«, sagte er.

»Das verdienst du an einer einzigen Karte«, sagte X-Ray.

»Niemand zahlt dir sechshundert Dollar für eine Karte.«

»In Philadelphia haben sie siebenhundertfünfzig gezahlt.«

Deo nahm seinen Spaten und fing an, Erde um das Rohr zu schaufeln.

»Okay, sagen wir, dass wir die Karten nur für zweihundert verkaufen«, sagte X-Ray. »Dann hast du nach drei Karten dein Geld wieder zurück. Solange bekomme ich nichts. Dann kommen meine sechzig, und den Rest teilen wir genau in der Mitte. Damit hast du absolut kein Risiko mehr. Du weißt, dass wir drei Karten verkaufen können.«

Deo legte die Rasenstücke zurück und trat sie mit dem Stiefel fest.

»Sieh es doch mal so. Das ist das Gleiche, wie wenn dir jemand anbietet, dich dafür zu bezahlen, dass du dich für ihn in die Schlange stellst. Was wäre, wenn dein Boss dir sagen würde: ›Deo, heute wird nicht gegraben, heute stellst du dich für mich in die Schlange da, und dafür kriegst du 'nen Tausender‹ – würdest du das nicht machen?«

»Natürlich.«

»Ist genau das Gleiche!«, sagte X-Ray. »Ein paar feine Typen werden uns 'nen Tausender dafür zahlen, dass wir uns für sie in die Schlange stellen. Wir wissen bloß noch nicht, wer sie sind. Du musst einfach etwas weiter denken.«

Eine Sirene übertönte Deos Radio.

»Oh! Oh!«, rief X-Ray und nestelte sein Handy vom Gürtel los.

Das Sirenengeräusch wurde von einer elektrischen Gitarre erzeugt. Jetzt wurde es langsam leiser und verwandelte sich in wilde Akkorde. Es war Kaira DeLeons größter Hit.

I hear a w-w-warning sound
Every time you c-c-come around.
Should you ch-chance, to glance at me,
Threatens my security.

Ich hör ein W-W-Warnsignal,
Wenn du kommst, j-j-jedes Mal.
N-Nimmst du mich nur einmal wahr,
Bin ich auch schon in Gefahr.

»Los schon, los«, sagte X-Ray in sein Telefon.

Red Alert!
My hands are sh-sh-shakin'.
Red Alert!
Stomach's achin'.
Red Alert!
The earth beneath my f-f-feet is quakin'.

Alarm, Alarm!
Die Hände z-z-zucken.
Alarm, Alarm!
Der Bauch macht Mucken.
Alarm, Alarm!
Unter mir fängt die W-W-Welt an zu rucken.

»Moment!«, sagte X-Ray in sein Telefon. »Moment, Moment, nur eine Sekunde ...«

Er blickte düster drein, als er sich das Handy wieder an den Gürtel klippste. »Der Sechste«, knurrte er. »Glaubst du das? Der Sechste! Der fünfte Anrufer hat zwei Freikarten gewonnen. Mann, ich hasse dieses Telefon. Die Schnellwahl ist zu langsam. Wie soll man bloß mit den reichen weißen Muttersöhnchen konkurrieren, die immer die neuesten Modelle haben?«

»Pech«, sagte Deo.

»Das wären mindestens noch mal vierhundert für uns gewesen«, sagte X-Ray.

»Für uns?«

»Klar doch, Mann. Schließlich sind wir Partner, oder?«

Deo dachte tatsächlich ernsthaft über die Sache nach:

Wenn er X-Ray das Geld gab, hatte er immer noch zweihundertsiebenundfünfzig Dollar übrig.

»Oder?«, fragte X-Ray noch mal.

Red Alert!
My head is filled with a s-s-siren sound!
Red Alert!
All systems are shutting d-d-d-d-down!

Alarm, Alarm!
In meinem Kopf schreit 'ne S-S-Sirene!
Alarm, Alarm!
Das haut mir voll in die System-me-me!

»Okay, wir sind Partner«, sagte Deo endlich.

X-Ray schlug ihm auf die Schulter. »Du wirst es nicht bereuen.«

Aber das tat er schon.

3.

Der Interstate Highway I-35 führt von der mexikanischen Grenze bis hoch nach Kanada, und den meisten Verkehr gibt es auf den zweihundertfünfzig Meilen zwischen San Antonio und Dallas. Die endlosen Schlangen von Personenwagen und Trucks zerteilen Austin in zwei Hälften, und das nicht nur geografisch, sondern auch, was den Wohlstand und, bis zu einem gewissen Grad, die Hautfarbe angeht.

Deo wohnte im Osten von Austin, und zwar in einem Doppelhaus mit einer gemeinsamen Veranda. Die beiden identischen Türen von 141A und 141B lagen nebeneinander. Deos Familie wohnte in 141B. Sie waren zu dritt: Deo und seine Eltern. Deo hatte noch eine ältere Schwester, aber die war längst verheiratet und lebte in Houston, und sein älterer Bruder saß gerade acht bis zehn Jahre in Huntsville ab.

Im anderen Teil des Hauses lebte eine weiße Frau mit ihrer zehnjährigen Tochter, die Ginny MacDonald hieß.

»S-s-sechshundit Dollar?«, sagte Ginny. Sie war klein für ihr Alter und hatte dürre Arme und Beine. Ihre Brillengläser waren so dick, dass man sich fragte, wie ihre winzige Stupsnase sie tragen konnte.

»Hun-dert«, sagte Deo.

Ginny konzentrierte sich. »Hun-dert«, sagte sie. »Das ist viel G-Geld.«

»Wem sagst du das?«, stöhnte Deo.

Sie gingen einmal um den Block. Mit der linken Hand fasste Ginny ständig nach Deo und ließ ihn gleich darauf wieder los. Der rechte Arm deutete vom Ellbogen aus senkrecht nach oben, was ihr nicht aufzufallen schien.

»Lass deinen Arm locker«, erinnerte Deo sie.

Ginny sah den Arm an, als gehörte er nicht zu ihrem Körper. Ihr Gehirn brauchte eine kleine Weile, um die richtigen Signale auszusenden, dann senkte sich der Arm.

Die Kleine kam Deo wie eine Marionette vor, die ihr eigener Marionettenspieler war. Sie musste sich überlegen, an welchem Faden sie ziehen wollte, damit sich Arme und Beine richtig bewegten.

Ginny war mit einer Hirnschädigung, einer »Zerebralparese«, auf die Welt gekommen. Ein paar Kinder aus der Nachbarschaft nannten sie »Spasti« und »zurückgeblieben«, aber die meisten respektierten sie, weil sie eine Freundin von Deo war und immer bereit, den Leuten ihre Fragen zu beantworten.

»Was stimmt nicht mit dir?«, fragte manchmal einer.

Dass manchmal auch Spott in der Frage mitschwang, bemerkte sie nie. »Als ich geboren wurde, hatte ich eine Blutung im Gehirn.«

Und wer immer gefragt hatte, schien damit zufrieden gestellt.

Ginny und ihre Mutter waren in die andere Haushälfte gezogen, als Deo noch in Camp Green Lake war. Ihre Mutter hatte schon ausziehen wollen, als sie herausfand, dass der Junge von nebenan ein gewalttätiger Krimineller war, der bald wieder nach Hause kommen würde.

Heute war sie glücklich, dass sie geblieben waren.

Ginny und Deo hatten sich auf Anhieb verstanden. Sie hatte keine Angst vor ihm, und er bemitleidete sie nicht.

Erst kurz bevor sie ihre täglichen Spaziergänge aufnahmen, hatte Ginny aufgehört, ihre Beinschienen zu tragen – weil sie ihr wehtaten, wie sie sagte. Sie hatte auch ein Gehgestell, das sie aber nur benutzte, wenn sie es eilig hatte. Wenn sie zum Beispiel in der Schule während der Pause nach draußen wollte.

Deo half ihr sehr, aber sie half ihm noch mehr. Sie gab seinem Leben einen Sinn. Zum ersten Mal gab es jemanden, der zu ihm aufsah und dem er wichtig war.

Zusammen lernten sie, kleine Schritte zu machen.

»Sie s-singt, wie ich sp-spreche«, sagte Ginny.

»Wie meinst du das?«

»H-hands are sh-sh-shakin«, sang Ginny.

Deo lachte. »Das ist nur ein Teil von dem Lied, das weißt du doch«, sagte er.

»Ja. Aber ich m-mag es.«

»Ich auch«, sagte Deo. »Wenn du so viel Geld hättest, würdest du dann fünfundfünfzig Dollar für eine Konzertkarte ausgeben?«

»Ja.«

»Auch fünfundsiebzig?«

»Ja.«

»Hundert?«

»Nein.«

Er lachte. »In Philadelphia haben sie siebenhundertfünfzig Dollar bezahlt.«

»Unm-möglich!«, sagte Ginny.

»X-Ray hat es mir gesagt.«

»Du d-darfst nicht alles glauben, was X-Ray sagt.«

Da hatte sie Recht.

»Du schwitzt ziemlich.« Mit einem ausgestreckten Finger berührte sie vorsichtig den großen Schweißfleck unter seinem Arm.

»Ja, ist ja auch heiß hier draußen.«

»Ich schwitze nicht«, sagte Ginny.

»Warte, bis du älter wirst.«

»Dann l-laufe und sp-spreche ich auch besser.«

»Na klar«, sagte Deo. »Aber Schwitzen hat nichts mit deiner Behinderung zu tun. Du bist nur noch nicht in der Pubertät.«

Ginny kicherte.

»Was ist daran so lustig?«

»Du h-hast Pubertät gesagt.«

Deo lachte jetzt auch, nicht über das Wort, sondern über ihre Reaktion.

Ginny kicherte noch, als sie die zerbrochenen Steinplatten zu ihrem Doppelhaus hinaufgingen. Unkraut wucherte durch die Ritzen.

»Was habt ihr zwei denn so zu lachen?«, fragte Ginnys Mutter, als sie auf die Veranda kletterten.

»Ach nichts«, sagte Ginny.

Deo zwinkerte ihr mit einem Auge zu.

Ginny versuchte es auch. Sie machte beide Augen gleichzeitig zu.

Obwohl zwei Familien in dem Doppelhaus lebten, war es kleiner als die meisten Einzelhäuser in West-Austin, in deren Gärten Deo Büsche pflanzte und Entwässerungsrohre verlegte. Die Eiche an der Straße warf ihren Schatten über beide Haushälften.

In West-Austin gab es nur wenige Bäume, die so groß waren. Die Westhälfte der Stadt stand auf massivem weißem Kalkstein, der nur von einer dünnen Schicht Erde bedeckt war. Wann immer Raincreek – Bewässerung und Landschaftsbau etwas anpflanzen wollte, mussten sie Muttererde mitbringen.

Deos Vater sagte immer, dass der Betrieb der Klimaanlage in einem der Häuser mit den hohen Decken und großen Eingängen in West-Austin teurer sei als die Miete, die sie für ihre Doppelhaushälfte zahlten.

Deos Vater arbeitete tagsüber als Zählerableser für eine Stromfirma, nachts saß er in der Taxizentrale und verteilte über Funk die hereinkommenden Aufträge. Deos Mutter arbeitete an der Kasse von H. E. B., einer örtlichen Supermarktkette.

Deo verabschiedete sich von Ginny und ihrer Mutter und ging hinein.

Seine Eltern waren in der Küche und schälten Kartoffeln.

»Hey, wie geht's?«, rief sein Vater.

»Ganz gut«, murmelte Deo und ging weiter.

»Warte mal, ich will mit dir reden«, sagte sein Vater.

Deo seufzte. »Worüber denn?«

»Komm doch mal her!«

Deo trat in die Küche. »Ich habe den ganzen Nachmittag gearbeitet, mir ist heiß, und ich bin verschwitzt. Kann man denn nicht einmal duschen, ohne gleich ins Kreuzverhör genommen zu werden?«

»Niemand wirft dir irgendetwas vor«, sagte seine Mutter. »Dein Vater sieht dich kaum noch, seit er für Yellow Cab arbeitet.«

»Schön, jetzt siehst du mich«, sagte Deo.

»Dein Ton gefällt mir nicht«, sagte sein Vater.

»Oh, Entschuldigung, dann werde ich mich um einen anderen Ton bemühen«, sagte Deo, »was immer das heißt.«

»Was ist denn mit deinen Augen?«, fragte seine Mutter.

»Nichts. Was soll damit sein? Ich bin müde.«

»Wie bist du nach Hause gekommen?«, fragte sein Vater.

»Hernandez.«

»Ich will eine Probe«, sagte sein Vater.

»Warum? Weil er Mexikaner ist? Wir haben im Garten der Bürgermeisterin gearbeitet. Glaubt ihr etwa, wir haben uns mit ihr zusammen zugedröhnt?«

Seine Mutter lachte. »Der ist alles zuzutrauen.«

»Sie hat mir die Hand geschüttelt und gesagt, dass sie mich bewundert«, sagte Deo.

»Wofür das denn?«, fragte Deos Mutter.

»Du weißt schon. Weil ich hart arbeite und meinem Leben eine neue Richtung gebe. Sie hat von Green Lake gehört.«

»Und woher weiß sie, dass du in Green Lake warst?«, fragte seine Mutter.

»Mein Boss hat es ihr erzählt.«

»So was sollte man eigentlich nicht weitererzählen«, sagte seine Mutter. »Solche Dinge müssen vertraulich behandelt werden.«

»Es ist kein großes Geheimnis. Die ganze Schule weiß es.«

»Das macht's nicht besser!«

»Ich geb's auf!«, sagte Deo.

Die meisten Eltern wären stolz, wenn die Bürgermeisterin sagte, dass sie ihren Sohn bewundert!

»Ich will eine Probe«, wiederholte sein Vater.

»Was, weil ich müde bin, nachdem ich heute schwer gearbeitet habe?«

»Nein, weil du dich so wehrst. Wenn du nichts zu verbergen hast ...«

Deo marschierte ins Badezimmer, wo er einen Plastikbecher unter dem Waschbecken hervorholte.

Als er aus Green Lake zurückgekommen war, hatten seine Eltern ein Drogentestset gekauft. Sie würden nicht daneben stehen und einfach zusehen, wie er sich sein Leben ruinierte wie sein Bruder. Er hatte versucht, ihnen klar zu machen, dass er nicht wegen Drogen oder Alkohol nach Green Lake geschickt worden war, aber das schien für sie keinen Unterschied zu machen.

»Drogen und Alkohol können zu Gewalt führen«, hatte seine Mutter gesagt.

Genau wie ein Eimer Popcorn.

4.

Am Morgen duschte Deo wieder, trocknete sich ab und fuhr sich mit dem Deostift dreimal unter die Achseln. Dann tupfte er sich etwas Aftershave auf die Wangen. Er benutzte es jeden Tag, obwohl er sich nur jeden zweiten Tag rasierte.

Im Freies-Sprechen-Kurs gab es ein Mädchen, das ihn in letzter Zeit ziemlich oft anlächelte. Sie hieß Tatiana.

Die Füße sprühte er sich mit Sploosh ein. Er hatte kein Problem mit Schweißfüßen, aber wenn man Deo heißt, sollte man besonders vorsichtig sein. Zum Abschluss kam auch noch ein Spritzer Sploosh unter jede Achsel. Sicher ist sicher.

Einer der Jungs aus Camp Green Lake hatte ihm einen ganzen Karton Sploosh geschickt. Wahrscheinlich war es als Witz gemeint. Aber sein Vater hatte das Zeug erfunden, insofern vielleicht doch nicht.

Als er aus dem Bad kam, klingelte das Telefon. Es war X-Ray.

»Hallo, Partner. Du, wegen der sechshundert Dollar.«

»Ich gehe nach der Schule gleich am Geldautomaten vorbei.«

»Gut. Wir brauchen allerdings sechshundertsechzig.«

»Ich dachte, du gibst sechzig dazu«, erinnerte ihn Deo.

»Mach ich ja«, sagte X-Ray. »Mach ich. Die Sache ist nur die, dass sie pro Karte fünf Dollar Bearbeitungsgebühr wollen. Das heißt, obwohl die Karten fünfundfünfzig kosten, musst du sechzig hinlegen.«

Das ergab überhaupt keinen Sinn.

»Heb am besten gleich siebenhundert ab«, sagte X-Ray. »Für alle Fälle.«

Siebenhundert. Damit blieben ihm nur noch einhundertsiebenundfünfzig Dollar. Einhundertsiebenundfünfzig Dollar nach drei Monaten Arbeit.

»Das ist doch kein Problem, oder?«

»Nein, überhaupt nicht«, sagte Deo.

»Du verdoppelst dein Geld auf jeden Fall«, versicherte ihm X-Ray. »Garantiert. Das heißt, je mehr wir investieren, desto mehr kriegen wir am Ende raus.«

Trotz aller Vorsichtsmaßnahmen klebten ihm seine Sachen am Körper, als er die fünf Straßen zur Schule gegangen war. Um fünf vor neun herrschten schon knapp dreißig Grad, und die hohe Luftfeuchtigkeit ließ es noch heißer erscheinen.

Tatiana stand mit dem Rücken zur Tür, als er ins Klassenzimmer trat. Sie sprach mit ihrer Freundin Claire. Tatiana hatte zwei lange Zöpfe, die an den Enden zusammenhingen, so dass sie ein großes V bildeten. Er hatte noch nie ein Mädchen gesehen, das seine Haare so trug, aber an Tatiana war alles leicht anders. Genau das mochte er an ihr. Das, und dass sie ihn anlächelte.

»Hallo, Tatiana«, sagte er und versuchte, möglichst beiläufig zu klingen, aber es war zu beiläufig, und sie hörte ihn nicht. Er sagte es noch mal, diesmal etwas lauter und härter.

Sie drehte sich um. »Was?«

»Äh, nichts. Wollte nur hallo sagen.«

»Hallo«, sagte sie, lächelte aber nicht.

Der Freies-Sprechen-Kurs machte ihn immer nervös, selbst wenn keine Rede zu halten war. Sprechtrainer Simmons rief die Schüler manchmal einfach so nach vorne, wo sie aus dem Stegreif reden mussten. Deo hatte Angst, vor der Klasse zu stehen und nicht zu wissen, was er sagen sollte. Dann brach ihm der Schweiß aus, und Tatiana starrte ihn an. Es war schon schwer genug, wenn er eine Rede vorbereitet hatte.

Heute gab es zum Glück keine Stegreifreden. Fast die gesamte Unterrichtszeit wurde damit verbracht, das nächste große Projekt zu besprechen. Alle sollten ein Stofftier mit in die Schule bringen und eine Wahlkampfrede dafür halten. Anschließend sollte es eine Wahl geben, in der ein Stofftier zum Herrscher der Welt gewählt würde.

»Ich hab nicht mal ein Stofftier«, sagte Deo, als sie den Klassenraum verließen.

Hinter ihm prustete jemand los. »Du bist so witzig«, sagte Tatiana und berührte seinen Arm.

Er hatte nicht mal gewusst, dass sie in der Nähe war, und auch nicht versucht, komisch zu sein, aber er freute sich, dass sie ihn für witzig hielt.

»Ich habe gehört, du wechselst nächstes Jahr in die Footballklasse«, sagte sie.

»Nein, ich wollte nur, dass Coach Simmons das denkt. Footballspieler kriegen bessere Noten bei ihm.«

»Dann hast du ihn also angelogen? Ist das nicht so was wie Betrug?«

Deo zuckte die Achseln.

Wie konnte das Betrug sein? Es war unfair, dass Simmons Footballspielern bessere Noten gab, und er wollte die Dinge nur etwas ausgleichen. Aber bis er diese Gedanken in seinem Kopf geordnet hatte, war Tatiana schon wieder weg.

In der nächsten Stunde hatten sie Wirtschaft. Deo mochte Mr Warren, einen glatzköpfigen Weißen, aber er hatte Schwierigkeiten, sämtliche Kurvenverläufe zu verstehen. Irgendwie sollten die Grafiken es ihm möglich machen zu sagen, wie sich zum Beispiel der Preis einer Tasse Kaffee veränderte, wenn es in Brasilien zu einer Dürre kam. Aber das ergab für ihn genauso viel Sinn wie eine Eintrittskarte für fünfundfünfzig Dollar, die sechzig kostete.

Das lag zum Teil daran, dass die Hälfte dessen, wovon Mr Warren redete, nichts mit den Aufgaben zu tun hatte.

»Ich habe hier einen Zehndollarschein«, sagte Mr Warren, holte einen aus seiner Brieftasche und hielt ihn in die Höhe, damit ihn alle sehen konnten. »Ich verkaufe ihn an den Meistbietenden. Höre ich fünfzig Cent?«

Deo war sich nicht sicher, was das bedeuten sollte, und da war er nicht der Einzige. Der Großteil der Klasse schien verwirrt, aber dann bot Matt Kapok, ein Junge in der ersten Reihe, die fünfzig Cent.

»Zum Ersten, zum Zweiten …«

»Einen Moment«, sagte das Mädchen, das neben Deo saß. »Heißt das, Sie wollen Matt Ihren Zehndollarschein für fünfzig Cent verkaufen?«

»Stimmt«, sagte Mr Warren. »Es sei denn, ich bekomme ein besseres Angebot.«

»Kein Problem. Ich gebe Ihnen sechzig Cent dafür«, sagte das Mädchen.

Jemand anders bot jetzt fünfundsiebzig Cent, dann einen Dollar, und es dauerte nicht lange, und das Gebot stand bei neun Dollar und neunundneunzig Cent. Schließlich bot jemand zehn Dollar und tauschte seinen Schein gegen den von Mr Warren.

Das Ganze enthielt eine Lehre, aber Deo wusste nicht genau, welche.

»Einmal habe ich meinen Zehndollarschein tatsächlich für zehn Dollar und zehn Cent verkauft«, erklärte Mr Warren der Klasse.

Achthundert Meilen entfernt bekam Kaira DeLeon eine Privatstunde in Wirtschaft.

»Ich will nur wissen, wie viel Geld ich bisher verdient habe«, sagte sie.

»Das ist nicht so einfach, Liebes«, sagte ihre Mutter.

»*Dich* hab ich nicht gefragt«, sagte Kaira.

Ihre Mutter trug ein aquamarin- und indigofarbenes Seidenjackett mit einem kleinen Saphir am Revers. Kaira hatte weder das Jackett noch den Saphir schon einmal gesehen, aber das war nicht weiter überraschend. Ihre Mutter schien jeden Tag ein neues Outfit zu haben.

»Ich kann dir die genauen Zahlen nicht geben«, sagte Jerome Paisley, Kairas Agent und Manager.

Er kam gerade aus dem Health Club des Hotels und trug noch seine Laufshorts und ein Unterhemd mit V-Ausschnitt. Um seinen dicken Hals hing eine Goldkette.

Er hatte eine große Stirn und ein aufgedunsenes Gesicht, was ohne Zweifel von den Steroiden kam, die er nahm. Früher war er einmal Baseballprofi gewesen, obwohl er es, mit Ausnahme von ganzen achtzehn Tagen, nie über die unteren Ligen hinausgeschafft hatte. Mit der Karriere war es zu Ende gewesen, als er vom Pitcher einen Ball ins Gesicht bekam.

Kaira fragte sich immer, wie man bei einem Pitch den Ball ins Gesicht bekommen konnte. *Hast du ihn nicht kommen sehen?*

»Habe ich die erste Million zusammen?«, fragte sie.

»Es gibt jede Menge Ausgaben. Weißt du überhaupt, wie viele Leute mit auf dieser Tournee sind?«

Sie schämte sich zuzugeben, dass sie es nicht wusste, und schwieg.

»Zweiundvierzig«, sagte Jerome Paisley. »Alle bekommen ihren Lohn, Tagesspesen – und die Reisekosten müssen wir natürlich auch bezahlen. Und an jedem Ort gibt es noch zusätzliche Kosten.«

»Wie hoch ist mein Lohn?«

»Du kriegst keinen Lohn. Für dich bleibt der Rest, nachdem alles bezahlt ist.«

»Du verdienst gut, Süßes«, sagte ihre Mutter.

»Wie viel zahlt ihr dem Idioten?«, fragte Kaira.

»Ich habe dich gebeten, ihn nicht so zu nennen«, sagte ihre Mutter.

»Ich will's nur wissen. Wie viel müsst ihr diesem Babysitter zahlen?«

»Fred bekommt tausendvierhundert die Woche, plus Spesen«, sagte ihr Manager, der Mann ihrer Mutter.

Kaira lachte. »Und deine neue Jacke?«, fragte sie ihre Mutter. »Wer hat die bezahlt?«

»Dein Geld geht auf ein Treuhandkonto«, sagte ihre Mutter. »Du bekommst es, wenn du achtzehn bist.«

»Oh ja, wenn ich achtzehn werde, wird ’ne Menge passieren«, sagte Kaira.

Sollte Jerome Paisley die Warnung gehört haben, so ließ er es sich nicht anmerken. »Es kommt nicht wirklich darauf an, dass du mit dieser Tournee Geld verdienst«, erklärte er ihr. »Im Moment geht es vor allem darum, dich bekannt zu machen. Deinen Namen denen da draußen einzupflanzen. Deine Songs ins Radio zu bekommen. Finanziell gesehen bringen CDs weit mehr als eine Tournee.«

»Vielleicht sollten wir die Karten teurer verkaufen«, schlug Kaira vor.

»So, findest du?«

Sie hasste diese herablassende Art.

»In Philadelphia sind einige Karten auf dem Schwarzmarkt für siebenhundertfünfzig Dollar weiterverkauft worden«, sagte sie und versuchte zu zeigen, dass sie auch das eine oder andere mitbekam.

»Wer hat dir denn das erzählt?«

»Ich weiß nicht«, sagte Kaira und fühlte sich plötzlich in die Ecke gedrängt. »Ich hab’s aus dem Radio, glaube ich.«

Jerome grinste zu ihr herüber. »Die Geschichte habe ich mir einfallen lassen«, sagte er im Angeberton. »Philly war nicht mal ausverkauft.« Er deutete auf seinen großen fetten Kopf und sagte: »El Genius weiß, was er tut.«

Kaira kam sich dumm vor.

»Das Wichtigste in diesem Geschäft ist nicht dein Talent«, erklärte er ihr. »Man muss Publicity betreiben, den nötigen Rummel veranstalten.«

»Trotzdem, es ärgert mich, wenn ich daran denke, dass Schwarzmarkthändler das Geld einstreichen und nicht ich.«

»Lass das Finanzielle mal meine Sorge sein. Sing du einfach weiter und wackle mit deinem sexy kleinen Körper.«

»Hör auf das, was Jerome dir sagt«, flötete Kairas Mutter und gab ihrem Mann einen Kuss auf die aufgedunsene Wange. »Er hat dich zu dem gemacht, was du bist.«

5.

X-Ray holte Deo um vier Uhr morgens ab, und sie fuhren zur Lonestar Arena. »Jeder Platz in der ersten Reihe ist pures Gold«, sagte er. »Reines, pures Gold. Die zweite Reihe auch noch. Alles in den ersten beiden Reihen.«

Deo hatte sein Wirtschaftslehrbuch dabei. Er wusste, dass er den Sprechunterricht wahrscheinlich verpassen würde, aber in Wirtschaft gab es eine schriftliche Prüfung, und zu der musste er da sein.

Als sie auf den Parkplatz bogen, sahen sie, dass sich am Kartenschalter bereits eine Schlange gebildet hatte. Der Schalter machte erst um acht Uhr auf.

»Mann, ich hab dir doch gesagt, dass wir die Nacht hier verbringen sollten«, sagte X-Ray.

»Von wegen!«

»Drüber nachgedacht habe ich aber.«

Sie stellten sich an. Vor ihnen warteten bereits neunundzwanzig Leute. X-Ray zählte zweimal nach. Deo legte sich rücklings auf den Schotter des Parkplatzes und schloss die Augen. Unter dem Kopf hatte er sein Wirtschaftslehrbuch. Wenn es hell genug war, würde er den Stoff noch mal durchgehen. Ein Stück Schotter bohrte sich in seinen Rücken, aber je mehr er es wegzuschieben versuchte, desto schlimmer wurde es. Also versuchte er, einfach nicht darauf zu achten.

Jemand in der Schlange hatte einen Gettoblaster dabei, der »Fountain of Youth«, Kaira DeLeons CD, spielte. Deo lag da, hatte die Augen geschlossen und lauschte mit einem Ohr der Musik, als er sie plötzlich singen hörte:

These shoes, these jewels, this dress,
A perfect picture of success.
Oh, you would never guess, Deo,
A damsel in distress.

Die Schuhe, der Schmuck, dieses Kleid,
Der größte Erfolg dieser Zeit.
Nie kämst du drauf, Deo,
Ich bin ein Mädchen in Not.

Wenigstens klang es so.

Save me, Deo!
A damsel in distress.

Rette mich, Deo!
Ich bin ein Mädchen in Not.

Er setzte sich auf. »Hast du das gehört?«

»Was gehört?«

»Ach, schon gut.«

X-Ray würde ihn nie wieder damit in Ruhe lassen, wenn er es ihm sagte. Warum sollte sie *»Deo«* singen? Es war unmöglich. Es gab keine plausible Erklärung dafür. Er musste geträumt haben.

Hinter ihnen in der Schlange standen fünf Männer, die ziemlich schmutzig und heruntergekommen wirkten. Normalerweise hätte Deo sie für Obdachlose gehalten, aber die würden sich nicht hier anstellen, um Sechzigdollarkarten zu kaufen. So wie sie rochen, arbeiteten sie womöglich für die Abwasserbehörde und waren nach Schichtende noch schnell hergekommen.

»Ich denke, wir nehmen die dritte Reihe«, sagte X-Ray. »Die dritte oder die vierte. Solange wir Karten für die ersten fünf Reihen kriegen, verdienen wir uns eine goldene Nase.«

Deo sah sich die Leute vor ihnen in der Schlange an. Fast alle waren weiß, auch wenn Kaira DeLeon eine schwarze Sängerin war. Viele trugen Hemden und Krawatten.

»Ich weiß nicht«, sagte er. »Wenn die alle sechs Karten kaufen …«

»Nicht alle kaufen hier sechs Karten«, unterbrach ihn X-Ray, »und im Übrigen willst du sowieso nicht zu dicht dran sein. Es ist besser, ein paar Reihen weiter hinten zu sitzen. Die besten Plätze sind zwischen Reihe drei und sieben. Das sind die, die das große Geld bringen.«

Kurz nach Sonnenaufgang öffnete Deo sein Buch und versuchte, den Unterschied zwischen »fixen Kosten« und »variablen Kosten« zu verstehen. Zwei Kurven zeigten, wie sich beides veränderte, wenn mehr Güter hergestellt wurden. Die Kurve für die »fixen Kosten« verlief gerade, während die »variablen Kosten« immer weiter anstiegen.

Für ihn hätte das Buch genauso gut auf Chinesisch geschrieben sein können.

»Sieh dir bloß die ganzen Leute hinter uns an!«, sagte

X-Ray. »Die würden schon hundert Dollar zahlen, nur um unseren Platz in der Schlange zu bekommen.«

»Ich nehme die Hundert«, sagte Deo.

X-Ray lachte. »Wir werden viel mehr als das verdienen, mein Freund. Viel mehr.«

Nach einer Weile kam ein Mann mit einem Lonestar-Arena-T-Shirt heraus und versuchte, die Schlange zu verlegen, so dass sie nicht mehr geradeaus vom Fenster des Schalters wegführte, sondern am Gebäude entlang. Die schmuddelig aussehenden Männer, die hinter Deo auf dem Boden saßen, schimpften los.

»Wo ist denn da der Unterschied?«

»Gerade, wo ich's mir gemütlich gemacht habe.«

»Das T-Shirt macht dich noch lange nicht zu Gott!«

Aber sie zogen trotzdem mit allen anderen zusammen um.

Das Geheimnis, wer die Kerle eigentlich waren, lüftete sich kurz nach halb acht, als die Leute auftauchten, die sie bezahlten.

Einer war ein dünner, schnell redender Weißer, nicht viel älter als X-Ray. Bei sich hatte er einen fetten Kerl mit Cowboyhut und Cowboystiefeln.

»Hört mir gut zu«, sagte der Dünne, »ich wiederhole das nicht noch mal.« Er trug einen Perlenohrring und war schlecht rasiert. Oder er wollte sich einen Dreitagebart wachsen lassen. »Wenn ihr an den Kartenschalter kommt, gibt Moses jedem von euch einen Umschlag mit dreihundertdreißig Dollar. Ihr müsst das Geld nicht zählen. Ihr gebt es nur dem Kartenverkäufer und sagt, ihr wollt sechs Karten. Dann gebt ihr die Karten Moses, und der zahlt jedem fünfundzwanzig Dollar.«

»Fünfundzwanzig Dollar!«, beschwerte sich einer

der Männer. »Wir sitzen hier seit fünf Stunden! Da hätte ich an der Ecke von Mopac und Spicewood mehr verdient.«

»Wenn du gehen willst, geh«, sagte der Dünne.

Der Fettsack mit dem Cowboyhut, der offenbar Moses hieß, hatte eine Thermoskanne Kaffee dabei und eine Tüte mit Frühstückstacos, die er unter den Männern verteilte. Einen versuchte er Deo zu geben.

»Ich gehöre nicht dazu«, sagte Deo und war leicht beleidigt.

»Wir gehören nicht zu eurer Mannschaft«, sagte X-Ray.

»Ach ja?«, sagte der Dünne. »Du bist ein echter Kaira-DeLeon-Fan, was?«

»Wir sind unabhängig«, sagte X-Ray.

»Trotzdem, wir haben ein paar Tacos übrig. Wenn ihr also welche wollt …«

Deo und X-Ray sahen sich an und griffen dann gerne zu.

Moses goss X-Ray einen Plastikbecher Kaffee ein. Deo trank keinen Kaffee.

»Ich heiße Felix«, sagte der Dünne. »Und das hier ist mein Kumpel Moses.«

»X-Ray«, sagte X-Ray. »Und das ist mein Kumpel Deo.«

»Deo, wie?«

»Ein Skorpion …«

»Hört mal«, unterbrach ihn Felix, »wenn ihr eure Karten habt, kommt ihr zu mir, und wir unterhalten uns ein bisschen.«

»Wir müssen gleich weg«, sagte Deo. »Ich habe eine Prüfung in Wirtschaft.«

»Hör zu, Deo«, sagte Felix. »Wenn ich dir einen Frühstückstaco gebe, kannst du wenigstens mit mir reden. Wenn du Wirtschaft studierst, solltest du wissen, dass es nichts umsonst gibt im Leben.«

* * *

Der Kartenverkauf fing erst um zehn nach acht an, und auch da ging es nur schleppend voran.

»Los doch, los doch. Wie lange kann es dauern, eine Karte zu kaufen?«, rief X-Ray nach vorne in die Schlange.

Es gab zwei Kartenschalter. X-Ray kam zuerst dran, und als Deo an das Fenster neben ihm trat, konnte er X-Ray mit dem Verkäufer streiten hören. »Sind Sie sicher, bessere gibt es nicht mehr? Können Sie bitte noch mal nachsehen?«

Deo zahlte für seine Karten. Die Plätze waren alle in Reihe M. Er zählte in seinem Kopf: Reihe 13. Hinten auf den Karten stand dick aufgedruckt: »Diese Karte darf nicht weiterverkauft werden.«

»M ist gut«, sagte X-Ray. »Das ist die erste Hälfte des Alphabets. Das allein ist wichtig. Sieh dir die ganzen Verrückten an, die da noch anstehen!« Er lachte. »Die haben schon Glück, wenn sie noch dieselbe Postleitzahl kriegen.«

Deo zeigte ihm, was hinten auf den Karten stand, aber das beeindruckte X-Ray nicht. »Die können schreiben, was sie wollen. Das heißt gar nichts. Wir leben in Amerika. In diesem Land ist alles zu verkaufen.«

Sie sahen zu, wie Moses den Letzten aus seiner Mannschaft bezahlte.

»Die Typen sind so cool«, sagte X-Ray. »In ein paar Jahren können wir auch so weit sein.«

Felix kam auf sie zu. »Also, X-Ray, hast du gute Plätze bekommen?«

»Reihe M!«

»M ist gut«, sagte Felix. »Die erste Hälfte des Alphabets.«

»Genau das habe ich Deo auch gerade gesagt.«

»Die ersten Reihen sind für Freunde und Leute vom Radio reserviert. Alles Schiebung, aber was will man machen?«

»Was will man machen«, stimmte ihm X-Ray zu.

»Ich sage euch was. Ich gebe euch siebzig Dollar pro Karte. Das sind fünfzehn mehr, als sie tatsächlich wert sind. Mal zwölf macht das hundertachtzig Dollar. Neunzig für jeden von euch.«

»Die Karten kosten sechzig, nicht fünfundfünfzig«, sagte Deo.

»Ja, ich weiß«, sagte Felix. »Die fünf Dollar Bearbeitungsgebühr. Der reine Wucher. Aber alles, was der Kunde sieht, wenn ihr die Karten verkaufen wollt, ist der aufgedruckte Preis.«

»Kein Interesse«, sagte X-Ray.

»Also gut, ich übernehme die verdammte Bearbeitungsgebühr. Fünfundsiebzig pro Karte.«

»Da können wir 'ne Menge mehr kriegen.«

»Vielleicht«, stimmte ihm Felix zu. »Vielleicht könnt ihr das. Das will ich nicht bestreiten. Aber man weiß nie, und was ihr habt, das habt ihr. Neunzig Dollar, Deo, für einen Morgen Arbeit. Das ist kaum zu schlagen.«

»Kein Interesse«, sagte X-Ray.

»Deo sieht aber interessiert aus. Was meinst du, Deo?«

Für Deo hörte sich das ziemlich gut an. Neunzig Dollar, das waren sonst zwei Tage Buddelei.

»In Philly haben sie siebenhundertfünfzig gezahlt«, sagte X-Ray.

»Austin ist nicht Philly«, sagte Felix. »Und Reihe M ist nicht wirklich vorne.«

»Wir waren vor euch in der Schlange«, sagte X-Ray. »Unsere Karten müssen also besser sein als eure.«

»Hör zu, ich sage nicht, dass ihr nicht mehr als fünfundsiebzig pro Karte kriegen könnt. Dann würde ich hier nicht mit euch reden. Aber es gibt ein Risiko. Im Moment sieht die Sache ziemlich gut aus. Große Nachfrage, wenig Karten, da kann der Preis nur hochgehen. Aber es gab auch eine große Nachfrage, als Dylan vor ein paar Jahren hier war. Und wisst ihr, was es da gab? Ein Zusatzkonzert. Du bist der Wirtschaftsfachmann, Deo. Was passiert, wenn das Angebot steigt?«

»Dann geht der Preis runter?«

»Wie ein Aufzug, dem das Seil gerissen ist. Ich hatte Glück, dass ich meine Karten überhaupt noch losgeworden bin. Oder was glaubt ihr, würde passieren, sollte plötzlich bekannt werden, dass die süße kleine Miss Kaira schwanger ist? Oder wenn sie aus irgendeinem politischen Grund die amerikanische Flagge verbrennt? Ich kann euch sagen, was dann passiert: Ihr bleibt auf euren Karten sitzen.«

»Also ich meine, wenn es so gefährlich ist, warum willst du sie dann unbedingt haben?«, fragte X-Ray.

»Das ist mein Job. Wenn ich an Kaira DeLeon Geld verliere, hole ich es nächste Woche mit einem anderen wieder rein. Ihr müsst erst eine Anzeige in die Zeitung setzen. Das kostet Geld. Ich habe sowieso immer eine drin, die mich das Gleiche kostet, egal, wie viel Karten ich verkaufe.«

»Fixe Kosten«, sagte Deo, und mit einem Mal verstand er, was er eben erst gelesen hatte.

»Und ich habe die richtigen Verbindungen«, fuhr Felix fort. »An allen Hotelrezeptionen wissen sie, wen sie anrufen müssen, wenn Gäste noch Karten brauchen. Was ich sagen will, ist, dass es für Einzelkämpfer wie euch nicht so einfach ist, wie ihr denkt. Ich biete euch hundertachtzig Dollar Reinverdienst, ohne alle Sorgen.«

»Wir haben keine Sorgen«, sagte X-Ray.

»Deo sieht aber so aus.«

»Mir geht's bestens«, sagte Deo.

Felix grinste. »Und warum schwitzt du dann so?«

»Mach dir keine Sorgen. Wir verdienen eine Menge mehr als neunzig, und zwar pro Karte«, beteuerte X-Ray, als sie vom Parkplatz fuhren. »Eine Menge mehr. Felix hätte sie nicht kaufen wollen, wenn er das nicht auch denken würde. Das ist ein super Tag! Wir sind auf dem richtigen Weg, Partner! Goldrichtig!«

Als sie an der High-School ankamen, war Deo schon fünf Minuten zu spät für seine Prüfung. Er war bereits halb aus dem Auto, da sagte X-Ray: »Ich brauche übrigens noch dreißig Dollar für eine Anzeige in der Zeitung.«

6.

Als er eine Stunde später wieder aus der Schule trat und die Straße hinunterging, wechselte ein Mann, der ihm entgegenkam, die Straßenseite. Das war keine große Sache, vielleicht musste er wirklich die Seite wechseln, aber so was passierte Deo immer wieder. Meist waren es Weiße, aber oft auch Schwarze. Normalerweise tat Deo so, als merkte er es gar nicht, aber manchmal sah er die Leute drohend an, als wollte er sagen: *Mann, du gehst mir besser aus dem Weg!*

Diesmal tat er gar nichts. Er hatte zu gute Laune.

Dank Felix hatte er seine Wirtschaftsprüfung bestens bestanden. Heute Morgen auf dem Parkplatz der Lonestar Arena hatte er mehr gelernt als das ganze Jahr über im Unterricht.

»Es hat einfach klick gemacht«, erzählte er Ginny, als sie ihren täglichen kleinen Spaziergang machten. »Sogar die Kurven! In den Fragen ging es um Leute, die alles Mögliche kauften und verkauften, von Benzin bis zu Brummkreiseln, aber ich habe immer Eintrittskarten daraus gemacht.«

»Br-Brummkreisel«, sagte Ginny und lachte. »Das ist lustig!«

Nach ihrem Spaziergang fragte er sie, ob er sich ein

Stofftier von ihr ausleihen könne für seine Wahlkampfrede für den Herrscher der Welt.

Ginny staunte nur noch. Brummkreisel, Stofftiere, Herrscher der Welt – auf der High-School schien es weit lustiger zuzugehen als bei ihr in der Klasse.

Sie nahm ihn mit in ihr Zimmer, wo sie mehr als dreißig Stofftiere hatte.

»Gib mir eins, das du nicht so sehr magst«, sagte Deo.

»Ich liebe sie alle«, sagte Ginny, meinte aber damit nicht, dass sie ihm keins geben wollte. Sie betrachtete es eindeutig als Ehre, mit Theodore in die High-School gehen zu dürfen, und sie überlegte sorgfältig, wer es wohl am meisten verdiente.

»Was ist mit der?«, sagte Deo und deutete auf eine braune Eule mit riesigen Augen.

»Das ist Hoo-Hooter«, sagte Ginny. »Er ist blind.«

»Blind?«

»Ja, blind. Aber er k-kann wirklich g-gut hören, deshalb k-knallt er auch nie gegen Bäume.«

»Wie kann er denn Bäume *hören*?«, fragte Deo.

»Die Blätter rascheln im Wind«, sagte Ginny.

Sie musste den Satz schon oft gesagt haben, denn sie stotterte kein bisschen.

»Das hier ist Daisy«, sagte sie und gab Deo einen Hund. Daisy war ein Basset und hatte lange Schlappohren.

»Wie geht's, Daisy?«, fragte Deo.

»Sie k-kann dich nicht hören«, sagte Ginny. »Sie ist taub. Dafür hat sie einen scharfen Geruchssinn.«

Deo lächelte. Es gefiel ihm, wie sie »einen scharfen Geruchssinn« sagte.

Als Nächstes stellte sie ihm Roscoe vor. Roscoe war

ein zotteliger Bär mit beweglichen Armen und Beinen. Aber leider war er nach einem »schrecklichen Unfall« völlig gelähmt.

Ginny setzte sich aufs Bett. Ihre Beine formten eine Art O, und die Füße waren ganz durchgestreckt. Als Baby hatte sie nicht laufen gelernt, weil sie immer auf Zehenspitzen gewesen war. Sie hatte erst eine besondere Schiene gebraucht, um ihre Füße in die richtige Stellung zu bringen.

Deo sah sich die drei Stofftiere an. Hooter schied aus. Über den Namen würden alle lachen.

»Oh, jetzt weiß ich!«, rief Ginny plötzlich und schlug die Hände vors Gesicht. »Du brauchst Coo.«

Coo war eine Art Hasentier, das neben Ginnys Bett lag. Es hatte Arme und Beine wie ein Mensch, aber Hasenohren.

»Coo habe ich schon mein ganzes Leben«, sagte Ginny.

»Ich nehme besser Roscoe«, sagte Deo.

Ginny zog die Brauen zusammen.

»Ich finde Coo toll. Ich will bloß nicht dein Lieblingstier nehmen. Es geht nur um eine blöde Rede. Und was ist, wenn was passiert?«

»Coo hat keine Angst«, sagte Ginny. »Er ist stark und mutig. Er w-wäre der b-beste Herrscher der W-Welt.«

»Also, ich würde mich besser nicht drauf verlassen, dass Coo gewinnt«, sagte Deo. »Ich werde immer fürchterlich nervös, wenn ich eine Rede halten muss.«

»Coo wird dir helfen«, sagte Ginny.

Deo hielt Coo in der Hand. Coo war weich und kuschelig, die Art Stofftier, die man Babys schenkte, weil sie sich schon mit winzigen Fingern halten ließen. »Ist auch mit Coo was nicht in …« Er brach ab. »Hat Coo auch eine Behinderung?«, fragte er.

»Coo hat L-Leukämie«, sagte Ginny. »Aber wir sprechen nicht darüber.«

7.

Es war Freitag, und bis zum Konzert waren es noch acht Tage. Deo ging nach der Schule in den »Stop & Shop«, um eine Zeitung zu kaufen. Er hatte dreißig Dollar für eine Anzeige bezahlt, da kam es auf die fünfzig Cent auch nicht mehr an.

Er steckte zwei Vierteldollarmünzen in den Automaten und wollte die Klappe öffnen, aber es ging nicht. Er drückte auf den Geldrückgabeknopf – nichts passierte. Er zog noch mal heftiger an der Klappe und schlug mit der Hand auf den Rückgabeknopf.

Er war schon sauer auf X-Ray, der noch zwei Tage gewartet hatte, weil er nur für eine Woche bezahlen wollte, und jetzt fraß dieser Automat auch noch sein Geld. Deo rüttelte so kräftig daran, dass er fast kaputtging, aber dann sagte ihm eine innere Stimme, dass es sich nicht lohnte, wegen fünfzig Cent eingesperrt zu werden.

Deshalb ging er in den Laden und erzählte dem Angestellten, was passiert war.

»Du musst warten, bis die Münzen durchfallen«, sagte der Kerl, wollte ihm sein Geld aber nicht zurückgeben.

Deo wollte einen Dollar gewechselt haben.

»Wir sind hier keine Wechselstube.«

Also kaufte er eine Tüte Chips für einen Dollar neunzehn und probierte es mit dem Wechselgeld noch einmal.

Dieses Mal lauschte er darauf, dass beide Münzen durchfielen, bevor er die Klappe anhob. Als sie sich tatsächlich öffnete, nahm er drei Ausgaben des *Austin American Statesman* heraus. Er wollte dem Automaten nichts schenken. Zwei Zeitungen ließ er oben auf dem Automaten liegen.

Zu Hause breitete er den Teil mit den Kleinanzeigen auf dem Küchentisch aus. Er hatte X-Ray gesagt, er solle nicht zu viel fordern, da ihnen nur noch eine Woche blieb. Es gab eine ganze Reihe Anzeigen für Kaira-DeLeon-Karten. Die Preise rangierten zwischen fünfundsiebzig und hundertzehn Dollar. Endlich fand er die Anzeige mit X-Rays Telefonnummer.

> Karten für Kaira DeLeon: $ 135,–.
> Weit vorne.
> 512–3470.

X-Ray ging beim zweiten Klingeln ran.

»Bist du völlig durchgedreht?«, schrie Deo.

»Ja, aber das hat mich noch nie gestört!«

»Hast du die anderen Anzeigen in der Zeitung gesehen?«

»Und?«

»Die sind alle mindestens fünfundzwanzig Dollar billiger.«

»Und was willst du damit sagen?«

»Ich habe dir gesagt, du sollst mit dem Preis nicht zu hoch gehen.«

»Er ist niedrig. In Philly haben sie siebenhundertfünfzig gezahlt.«

»So werden wir nicht eine einzige Karte wieder los.«

»Du denkst wie einer aus Ost-Austin«, sagte X-Ray. »Du musst wie einer aus West-Austin denken.«

»Bitte?«

»Hör zu, du und ich, wir würden die billigsten Karten kaufen. Aber so denken die in West-Austin nicht. Denen ist das Geld egal. Die wollen einfach nur das Beste. Und was am meisten kostet, muss doch wohl das Beste sein, oder?«

Deo hatte genug Bewässerungssysteme in West-Austin gebaut, um zu wissen, dass den Leuten da das Geld genauso wichtig war wie denen östlich von der Interstate 35. Die Häuser im Westen mochten eine halbe Million Dollar wert sein, trotzdem erwarteten sie von Deos Boss, dass er ihnen fünf Dollar erstattete, wenn Deo aus Versehen auf ihr Blumenbeet trat und eine Narzisse umknickte.

»Okay«, sagte Deo. »Selbst wenn einer mehr zahlen will, um weiter vorne zu sitzen: Reihe M ist *nicht* vorne!«

»In der Anzeige steht nicht, dass die Plätze ganz vorne sind, sondern *weit* vorne.«

»Sie sind nicht weit vorne. Reihe F ist weit vorne. Und vielleicht noch G.«

»Dann sind sie eben ziemlich weit vorne«, sagte X-Ray.

»Ruf die Zeitung an und sag ihnen, sie sollen den Preis heruntersetzen«, sagte Deo.

»Entspann dich, Mann. Ich habe dir versprochen, dass du am Ende doppelt so viel Geld hast, stimmt's? Also reg dich ab.«

Doppelt so viel oder gar nichts, dachte Deo.

»Im Übrigen würde es noch mal zehn Dollar kosten, die Anzeige zu ändern.«

In der Nacht konnte er nicht schlafen. In der nächsten und der Nacht darauf auch nicht. X-Ray verkaufte das ganze Wochenende über keine einzige Karte.

Er fragte sich, wie er auf X-Ray hatte reinfallen können. Warum hatten sie ihre Karten nicht einfach diesem Felix verkauft? Jetzt hatte er auch noch dreißig Dollar für die Anzeige gezahlt, und es würde weitere zehn kosten, sie zu ändern.

Trotzdem, in der Nacht auf Montag, morgens um drei Uhr, entschied er, dass sie genau das tun würden: die Anzeige ändern. Auf fünfundsiebzig Dollar. Dann machten sie immer noch einen kleinen Gewinn. Wenn sie Plätze in der ersten oder zweiten Reihe bekommen hätten, könnten sie vielleicht mehr fordern, aber jetzt ging es vor allem darum, die Karten wieder loszuwerden, bevor es zu spät war.

Um vier Uhr war er bei siebzig Dollar.

»Das sind fünf Dollar weniger, als uns Felix gezahlt hätte!«, sagte X-Ray, als Deo ihn noch vor der Schule anrief.

»Wir hätten sie ihm dafür verkaufen sollen«, sagte Deo. »Aber das haben wir nicht, und jetzt will ich die Dinger nur noch loswerden.«

»Für siebzig Dollar?«

»Dann haben wir immer noch einen kleinen Gewinn gemacht, selbst wenn wir die Kosten für die Anzeige mit einrechnen.«

»Du willst sie also nicht für hundertdreißig verkaufen?«

»Hörst du schlecht? Es ist immerhin *mein* Geld.«

»Das ist aber jetzt schlecht«, sagte X-Ray.

»Ich zahle auch die zehn Dollar!«

»Das ist es nicht«, sagte X-Ray. »Es ist nur …«

»Nur *was*?«

X-Ray seufzte tief. »Nun, gerade hat ein Typ angerufen, und er will zwei Karten für hundertdreißig. Ich treffe ihn, wenn er Feierabend hat. Dann werde ich ihn jetzt wohl anrufen müssen und ihm sagen, dass sie nur siebzig kosten.« Er lachte. »Ich meine, wenn es das ist, was du willst.« Wieder lachte er.

Deo brachte ein Lächeln zustande.

Später bei der Arbeit musste er eine rote Glanzmispel aus einem Garten entfernen, und das Ding hatte enorme Wurzeln. Er schnitt den Busch unten ab und machte sich daran, das Wurzelwerk auszugraben. Aber egal, wie tief er buddelte, die Wurzeln reichten immer noch weiter. Wie eine Krake mit langen dicken Fangarmen hakte sich der Busch in den Boden.

Er versuchte es sogar mit einer Axt und hackte etliche der Nebenwurzeln ab, aber vergebens. Schließlich wickelte er eine Kette um den Hauptstrunk und machte das andere Ende hinten am Pick-up fest.

Als er sich hinters Steuer setzte, auf Vierradantrieb umschaltete und den ersten Gang einlegte, überlegte er kurz, ob er so womöglich den Motor ruinierte, aber dann gab die Krake endlich auf und kam aus dem Boden gesprungen.

Zusammen mit dem oberen Teil des Busches packte er

sie hinten auf den Pick-up. Ihm war heiß, er war müde, und alle Knochen taten ihm weh.

Aber so verschwitzt und verdreckt er auch war, er fühlte sich gut. Diese Art von Befriedigung würde X-Ray nie verstehen. Das hier war saubere, gute Arbeit. Karten auf dem Schwarzmarkt zu verkaufen fühlte sich dagegen schmutzig an.

8.

Deo und Ginny warteten draußen, dass X-Ray das Geld vom Kartenverkauf herausbrachte.

»Zweihundertsechzig D-Dollar«, sagte Ginny. »Wenn ihr noch m-mehr verkauft …« Sie rechnete laut vor sich hin. »Zehn mal einhundertdreißig sind eintausenddreihundert!« Ihre Augen wurden größer. »Und dazu noch die zweihundertsechzig … sind eintausendfünfhundertsechzig Dollar. Du bist reich!«

Deo lachte. »Ich muss mir den Gewinn mit X-Ray teilen. Aber wenn wir alle Karten verkaufen, verdiene ich vierhundertfünfunddreißig Dollar.« Das hatte er längst ausgerechnet. »Hast du gemerkt, dass du beim Rechnen überhaupt nicht gestottert hast?«

»Ich stottere nur, wenn ich r-r-rede.«

»Aber du hast geredet.«

»Das war Mathe. Z-Zahlen kann ich g-gut, W-W-Worte nicht.«

»Du bist so schlau, wie du hübsch bist«, sagte er.

»Und du bist hübsch reich.«

»Und du hübsch gewitzt.«

»Und du hübsch hübsch.«

Sie lachte über ihren eigenen Witz.

»Was ist daran so komisch?«

»Ich h-hab gesagt, dass du h-hübsch bist.«

»Und?«

»M-Mädchen sind hübsch. Jungen sehen g-gut aus. Also b-bist du ein Mädchen!«

»Und du bist hübsch albern«, sagte Deo.

Ihm fiel eine Frau auf, die vom Parkplatz vor dem »Stop & Shop« zu ihnen herübersah. Er fragte sich, ob sie irgendwas dachte, weil er mit einem kleinen weißen Mädchen sprach. Dachte sie, dass sie Drogen nahmen? Womöglich prägte sie sich sein Gesicht ein, für den Fall, dass das Mädchen entführt worden war.

Er erwiderte den Blick der Frau, die daraufhin schnell in ihren Wagen stieg und wegfuhr.

Vielleicht hatte es ihr auch ganz einfach nur gefallen, dass da zwei standen, die gute Laune hatten und lachten.

In diesem Moment tauchte das X-Mobil auf.

»Da ist X-Ray«, sagte Ginny.

X-Ray machte sich nicht die Mühe zu wenden, sondern parkte einfach gegen die Fahrtrichtung. Er rutschte zur Beifahrerseite und kam um den Wagen herum zu ihnen.

»Hallo, Ginny. Passt du gut auf Deo auf?«

»Ja.«

»Hast du die Karten verkauft?«

X-Ray lächelte. »Siehst du, Ginny, deswegen mag ich Deo, der kommt immer gleich auf den Punkt. Kein langer Sch…« Er brach ab. »Immer gleich auf den Punkt.«

»Er m-mag es nicht, wenn man ihn Deo nennt.«

»Ich tue es mit größtem Respekt und ebensolcher Zuneigung«, sagte X-Ray und legte die Hand auf sein Herz.

»Hast du die Karten nun verkauft oder nicht?«, fragte Deo wieder.

»Sag mal, Ginny, habe ich dir eigentlich jemals erzählt, was mit meinem Auto passiert ist?«, fragte X-Ray und zeigte dabei auf die tiefe Delle in der Fahrertür.

»Nein.«

»Ich fahre ganz friedlich die Mopac runter, da springt doch dieser Dinosaurier auf die Straße und beißt mir ein Stück aus der Seite!«

Ginny lachte.

»Kannst du die Zahnabdrücke sehen?«

»Ja.«

»Ich glaube, es war ein Tyrannosaurus Rex! Unvorstellbar, was?«

»Ja.«

X-Ray lachte.

»Du bist die Karten also nicht losgeworden?«, sagte Deo.

»Okay, hör zu«, sagte X-Ray. »Ich sollte den Typen um Viertel nach fünf auf dem Parkplatz vom H. E. B. treffen. He, Ginny, weißt du, wofür H. E. B. die Abkürzung ist?«

»Nein.«

»Howard E. Butt. Ernsthaft. So heißt der Kerl: Hintern – *Butt.* Deshalb heißt der Laden H. E. B. Würdest du deine Lebensmittel gern in 'nem Laden kaufen, der Hintern heißt?«

Ginny wusste sich vor Lachen kaum zu halten.

Deo funkelte X-Ray an.

»Okay, also weiter«, sagte X-Ray. »Ich bin um fünf schon da, fünfzehn Minuten zu früh. Und warte. Der Typ hatte gesagt, er fährt einen weißen Suburban. Viertel nach: kein weißer Suburban. Zwanzig nach. Halb sechs. Auf dem Parkplatz herrschen etwa hundert Grad, aber ich warte immer noch, weil ich meinen Kumpel Deo nicht im Stich lassen will. Endlich dann, um fünf nach halb, höre ich jemanden brüllen: ›X-Ray! X-Ray!‹, echt wie ’n Irrer. Ich hupe ein paar Mal, diese Riesenkarre fährt neben mich, und zwei steinalte Proleten steigen aus. ›Bist du X-Ray?‹

›Nee, ich bin irgend so ’n Heini, der zufällig X-Ray auf dem Nummernschild stehen hat‹ – nein, das hab ich natürlich nicht gesagt. Ich sage, klar bin ich das, und als ich ihm schon die Karten geben will, fragt der mich doch – stell dir das mal vor, Ginny –, auf wen er den Scheck ausstellen soll.

Ich sage ihm, er soll seinen Scheck meinetwegen auf den Weihnachtsmann ausstellen, und er fängt eine elend lange Geschichte an, dass er seine Geldautomatenkarte verloren hat und sie deshalb auch so spät sind, aber ich will davon nichts hören.«

»Du hast die Karten also nicht verkauft?«, fragte Deo.

»Sie wollen sie immer noch«, sagte X-Ray. »Heute Abend um zehn kommen sie noch mal zum H. E. B. Dann haben sie Bares dabei, sagen sie. Aber da kommst du besser mit.«

»Ich kann nicht, Mann, ich muss für Wirtschaft pauken, eine Rede schreiben, und außerdem – wolltest *du* nicht die Arbeit machen? Ich sollte nur das Geld geben.«

»Das waren zwei bullige weiße Typen, und um zehn sind da nicht mehr viel Leute. Ich glaube, es ist gut, wenn wir zu zweit sind.«

Deo gefiel die Sache immer weniger.

»Keine Angst, die werfen einen Blick auf dich, und es gibt mit Sicherheit keinen Ärger.«

Deo wusste, dass X-Ray wahrscheinlich Recht hatte. Aber das änderte wenig.

Bis X-Ray kam, arbeitete er an seiner Coo-Rede. Erst machte er eine Gliederung, dann schrieb er die Hauptargumente auf postkartengroße Karteikarten. Seine Rede handelte hauptsächlich von Ginny, und wie wichtig Coo für sie war. Ihm fiel ein Satz ein, den er wirklich mochte: *Coo schenkt ihr Sicherheit und Selbstvertrauen, Trost und Tapferkeit.*

Dabei bemerkte er, dass er die Sache vielleicht etwas zu ernst nahm. Für die Leute, die ihre Reden schon gehalten hatten, war das Ganze ein einziger großer Witz gewesen, was natürlich richtig war. Ein Mädchen hatte alle gedrängt, für Milford den Affen zu stimmen, denn als Herrscher der Welt würde er eine Million Bananenstauden pflanzen, die Zerstörung des Regenwaldes stoppen und gegen die Erwärmung der Erdatmosphäre ankämpfen. Jemand anders hatte für Wilbur das Schwein gesprochen, das der Welt den Frieden bringen würde, und wenn nicht, gäbe es wenigstens für alle ein super Schinkensandwich.

Aber Deo wusste, dass er nicht wirklich witzig sein konnte, und wenn er seine Rede nicht aufschrieb, würde er nur da stehen, schwitzen und nervös vor sich hin stammeln. Im Übrigen wollte er wirklich, dass Coo gewann, damit Ginny sich freute.

X-Ray kam kurz vor zehn.

»Wo willst du noch hin?«, fragte seine Mutter.

»Wir haben was zu tun«, sagte Deo, lief nach draußen und wusste schon, dass er bei seiner Rückkehr wieder in den Becher pinkeln müsste.

Es war der H. E. B., in dem seine Mutter arbeitete. Mit ihren Nachtschichten dort war es jedoch schon ein paar

Jahre vorbei. Auf dem Parkplatz standen nur wenige Autos. Von einem weißen Suburban keine Spur.

»Mann, mir steht's sonst wo, von diesen Scherzkeksen verarscht zu werden!«, beschwerte sich X-Ray.

»Gib ihnen einfach noch ein paar Minuten«, sagte Deo. »Er hat dir doch gesagt, dass er seine Geldkarte verloren hat. Womöglich hat er jetzt Schwierigkeiten, schnell genug Bargeld aufzutreiben.«

»Ein paar Minuten«, sagte X-Ray. »Und dann sind wir hier weg. Das ist mangelnder Respekt. Glauben die, wir haben nichts Besseres vor, als hier endlos zu warten? Ich lass mich doch nicht verarschen.«

Deo wurde es zu eng im Auto. Er stieg aus, um sich die Beine zu vertreten.

»Gute Idee«, sagte X-Ray. »So kriegen sie dich ganz in den Blick.«

Deo sah sich um. »Vielleicht warten sie auf der anderen Seite des Parkplatzes«, sagte er.

»Ich stehe genau da, wo wir uns zuletzt getroffen haben. Genau hier.«

Um Viertel nach zehn war immer noch nichts von ihnen zu sehen. »Das war's dann«, sagte X-Ray. »Wir fahren.«

»Warte nur noch ein paar ...«, fing Deo an, aber X-Ray hatte bereits den Motor angelassen.

Deo stieg wieder ein, und sie hatten sich gerade in Bewegung gesetzt, als ein großer weißer Van auf den Parkplatz bog.

»Sind sie das?«, fragte Deo.

X-Ray fuhr weiter.

»Warte doch! Da ist ein weißer Suburban!«

»Zu spät!«, sagte X-Ray, während sie über eine Fahrbahnschwelle knallten.

Der Suburban hupte.

X-Ray schrie ein Schimpfwort aus dem Fenster, schoss vom Parkplatz und fädelte sich in den Verkehr auf der Straße ein.

»Bist du jetzt völlig durchgeknallt?«, fuhr ihn Deo an. »Das waren zweihundertsechzig Dollar!«

»Unsere Ehre ist 'ne Menge mehr wert als das«, sagte X-Ray. »Für was halten die sich eigentlich?«

»Wenn du die Karten nicht verkaufst, bringe ich dich um«, warnte ihn Deo.

X-Ray lachte. »Der ist gut.«

9.

Deo kam sich ziemlich dumm vor, als er Coo am Dienstag mit in die Schule nahm, und er wünschte, er hätte seinen Rucksack mitgenommen. Er war immer noch stocksauer auf X-Ray, aber noch mehr auf sich selbst. Das Konzert war in vier Tagen, und sie hatten noch keine einzige Karte verkauft. Sechshundertneunzig Dollar im Eimer.

»He, Deo, willst du mitfahren?«

Er sah zur Seite, wo ein gelber Mustang langsam neben ihm herfuhr.

»Wo willst du hin, Deo?«

Sie waren zu fünft, drei Typen und zwei Mädchen, und obwohl er nur die beiden vorne kannte, wusste er, dass er mit keinem von denen was zu tun haben wollte. Der am Steuer hieß Donnell und der auf dem Beifahrersitz Cole. Die beiden waren drei oder vier Jahre älter als Deo. Er war überrascht, dass sie seinen Namen kannten. Das bedeutete nichts Gutes.

»Komm schon, spring rein«, sagte Cole. »Wir bringen dich, wohin du willst.«

Er musste irgendwie nein sagen, ohne einen von ihnen zu beleidigen, besonders nicht Cole, der den Ruf hatte, ein bisschen übergeschnappt zu sein.

»Sieht nicht so aus, als hättet ihr noch viel Platz«, sagte Deo.

Komisch, dass sie so frühmorgens schon unterwegs waren. Aber dann fiel Deo ein, dass sie ja auch die Nacht durchgemacht haben könnten. Wahrscheinlich waren sie high.

»Da ist immer Platz für 'n Bruder. Sharese setzt sich auf deinen Schoß.«

»Ist schon okay«, sagte Deo. »Ich geh die paar Schritte.« Er lief weiter, und der Wagen rollte neben ihm her.

»Was ist los? Magst du Sharese nicht?«

»Hi, Deo«, rief ein Mädchen vom Rücksitz.

»Ich gehe nur einfach gern, das ist alles.«

Der Wagen überholte ihn, und eine Sekunde lang glaubte er schon, sie würden ihn in Ruhe lassen, aber da bogen sie quietschend in eine Einfahrt und versperrten ihm den Weg. Die Beifahrertür öffnete sich.

»Weißt du, wenn dir ein Bruder anbietet, dich ein Stück mitzunehmen«, sagte Cole, »dann solltest du das nicht ablehnen.«

»Das geht absolut nicht gegen euch«, sagte Deo.

Wenigstens blieben sie im Auto sitzen. Er versuchte, cool zu bleiben.

»Was is 'n das für 'n Hase?«, fragte Sharese.

Deo hielt Coo noch ein Stück fester. »Den brauche ich für die Schule.«

»Schule! Es ist Sommer!«, rief der Typ, der mit hinten saß.

»Ist der süß«, sagte Sharese. »Kann ich ihn haben?«

»Ich brauche ihn für ein Projekt in der Schule.«

»Ich will ihn aber haben«, sagte Sharese.

Deo griff noch einmal fester zu. »Er gehört meiner kleinen Nachbarin.« Wenn nötig, würde er Coo gegen alle fünf gleichzeitig verteidigen.

»Die kleine weiße Zurückgebliebene!«, sagte Cole. »Ich hab dich mit ihr gesehen. Mann, was hat die eigentlich für 'n Problem?« Er lachte.

Cole erwartete darauf keine Antwort, aber Deo benutzte Ginnys Taktik und gab ihm trotzdem eine.

»Bei ihrer Geburt hatte sie eine Blutung im Gehirn.«

»Oh«, sagte Cole.

Deo ging langsam um den Mustang herum.

»Was willst du überhaupt in der Schule?«, rief Cole ihm hinterher. »Mach bei uns mit, und du hast so viel Geld, wie du brauchst.«

»Danke, aber ich hab einfach noch etwas zu erledigen.«

Er ging weiter.

Er hörte, wie hinter ihm eine Tür zuschlug, aber er drehte sich nicht um. Einen Moment später fuhr der Wagen an ihm vorbei, und jemand rief »Idiot!« aus dem Fenster.

* * *

Eine Viertelstunde später stand er vor der Klasse, und alle Augen waren auf ihn gerichtet, einschließlich der von Tatiana.

»Das ist Coo«, sagte er.

Alle lachten.

»Coo hat Leukämie.«

Selbst darüber lachten noch einige.

Es war nicht so, dass sie grausam gewesen wären, aber die ersten Reden waren witzig gewesen, und jetzt erwarteten sie das von den anderen auch. Deo, den größten und härtesten Kerl der Klasse, mit so einem Babyspielzeug vor sich zu sehen, ließ das Ganze um so witziger erscheinen, und es dauerte eine Weile, bis seine Worte verstanden wurden.

Er spürte, wie ihm der Schweiß herunterlief, und hoffte, dass man es nicht auf seinem Hemd sehen konnte.

»Coo gehört meiner kleinen Nachbarin Ginny. Sie hat eine Gehirnstörung, eine Zerebralparese.«

»Ich dachte, du hast gesagt, Leukämie?«, sagte Claire, die Freundin von Tatiana.

»Coo hat Leukämie. Ginny hat eine Zerebralparese. Deshalb sollte Coo zum Herrscher der Welt gewählt werden, denn Coo schenkt ihr Sicherheit und Selbstvertrauen, Trost und Tapferkeit.«

Das hatte eigentlich sein Schlusssatz sein sollen. Jetzt hatte er ihn viel zu früh gesagt. Er hampelte mit seinen Karten herum, aber da er nun schon einmal falsch angefangen hatte, machte er einfach weiter.

»Ihr ganzes Leben schon hat Ginny Schwierigkeiten mit dem Gehen und Sprechen. Einige Kinder in der Schule nennen sie ›Spasti‹ oder ›zurückgeblieben‹, aber das ist sie nicht. Sie ist echt clever. Es ist nur so, dass ihr Gehirn Probleme hat, alle Informationen rechtzeitig zu verarbeiten. Als müsste sie immer erst alles entschlüsseln. Deshalb stottert sie etwas. Sie weiß, was sie sagen will, aber ihr Gehirn hat Schwierigkeiten, die Signale an ihren Mund zu schicken. Und wenn die Leute sie unter Druck setzen, wird es noch schlimmer, und manchmal hat sie dann spastische Anfälle.«

»Und die soll die Herrscherin der Welt werden?«, fragte jemand, worauf einige lachten.

»Nein, ihr sollt für Coo stimmen, Ginnys Lieblingsstofftier. Weil ich selbst keine Stofftiere habe, hat Ginny mir Coo geliehen. Eigentlich hatte ich ihr gesagt, sie soll mir besser nicht ihr Lieblingsstofftier geben, weil es nur um eine dumme Schulaufgabe geht.«

Die Klasse brach in Gelächter aus, und Deo begriff, dass er das vor Coach Simmons besser anders ausgedrückt hätte. Er machte weiter. »Aber Ginny sagte, ich müsse Coo nehmen. Keines von ihren anderen Stofftieren sei so stark und mutig wie Coo. Und auch wenn Ginny erst zehn ist, eine Zerebralparese hat und gerade mal fünfundzwanzig Kilo wiegt, ist sie doch der stärkste und mutigste Mensch, den ich kenne. Wenn also Coo das alles für Ginny bedeutet, stellt euch dann nur mal vor, was Coo für die Welt tun könnte. Stimmt also bitte für Coo. Danke.«

Er ging zurück zu seinem Platz, ohne irgendwen anzusehen. Er hatte keine Ahnung, ob etwas von dem, was er gesagt hatte, vernünftig und verständlich gewesen war. Wenigstens hatte er es hinter sich.

Er war der Erste, der nach der Stunde draußen war.

»Theodore«, rief eine Stimme hinter ihm, und dann lag Tatianas Hand auf seinem Arm.

»Ich fand deine Rede echt süß.«

»Na ja, ich hatte selbst kein Stofftier, deshalb musste ich mir eins borgen.«

Sie grinste ihn mit ihrem schiefen Lächeln an. »Du warst ziemlich nervös, stimmt's?«

»'n bisschen, yeah.«

»Das habe ich gemerkt. Aber mach dir keine Sorgen. Du hast das gut hingekriegt. Ich werde für Coo stimmen.«

Er lächelte. »Danke. Ich meine, mir ist es nicht so wichtig, aber Ginny würde sich sehr freuen, wenn Coo gewänne.«

»Kann ich Coo noch mal sehen?«

»Klar.« Er gab Tatiana das Stofftier.

»Was genau ist ein Coo?«

Deo lachte. »Ich weiß es nicht, so was wie eine Hasen-Menschen-Mischung.«

Tatiana drückte Coo an sich. »Es ist so weich. Mir hat gefallen, wie du gesagt hast, dass Coo einem Sicherheit und Selbstvertrauen, Mut und Tapferkeit schenkt.«

Er verbesserte sie nicht.

»Deo! He, Deo!«

X-Ray kam den Gang heruntergefegt. »Deo, ich hab schon gedacht, ich find dich nie.«

Er grüßte Tatiana mit einem »Hallo«, zog ein Bündel Geldscheine hervor und fing an zu zählen. »Zwanzig, vierzig, sechzig, achtzig, einhundert.« Er gab Deo die hundert Dollar, das war aber noch nicht alles.

»Zwanzig, vierzig, sechzig, achtzig, zweihundert.«

Immer noch ging es weiter.

»Zwanzig, vierzig, sechzig …«

Tatiana lächelte nicht mehr. »Ich gehe dann wohl besser«, sagte sie, gab Deo Coo zurück und ging schnell davon.

»Äh, bis dann«, sagte Deo, aber sie drehte sich nicht einmal mehr um.

X-Ray reichte ihm noch einen Hundertdollarschein. Insgesamt hatte er ihm fünfhundertdreißig Dollar gegeben.

Deo konnte es kaum glauben. Damit hatte er praktisch sein ganzes Geld zurück. Er hatte nicht mehr geglaubt, es je wiederzusehen. »Ist das von den Typen mit dem Suburban?«

»Diesen Clowns? Um Gottes willen, nein! Eine Lady hat heute Morgen angerufen. Wollte vier Karten für den Geburtstag von ihrem Kleinen. Das Ganze hat zwanzig Minuten gedauert. Siehst du, so macht man Geschäfte. Nicht mit diesen Witzfiguren, die einen herumjagen, als wäre man ein Jojo.«

Deo hatte ein schlechtes Gewissen, weil er an X-Ray gezweifelt hatte. »Einen Moment«, sagte er. »Vier Karten, das müssten fünfhundertvierzig sein.«

»Ah ja, richtig. Zehn musste ich mir borgen. Du hast doch nichts dagegen, oder?«

10.

Die Busfahrt von Baton Rouge nach Houston über die Interstate I-10 dauert sechseinhalb Stunden. Die sechs Busse und zwei Trucks fuhren zusammen. Kaira DeLeons Bus hatte einen ein Meter dreißig großen Flachbildschirmfernseher, einen DVD-Player, zwei Videogameplayer, einen Kühlschrank, eine Mikrowelle, ein Fitnessfahrrad und ein Badezimmer mit Dusche und einem extra Make-up-Bereich. Die einzige Person in dem Bus war jedoch der Fahrer.

Kaira war es leid, allein zu fahren, und so hatte sie die Jungs aus der Band gefragt, ob sie mit in ihren Bus kommen könne. Es war das erste Mal. Ihre Mutter stellte sich eine Rockband ziemlich wild und gefährlich vor, aber in Wirklichkeit spielten sie nur die ganze Zeit Karten. Tim B., der die Sologitarre spielte, hatte ihr ein Bier gegeben, aber sie mochte den Geschmack nicht und nippte nur aus Höflichkeit daran.

»Wie rum geht es diesmal?«, fragte Duncan, ein Typ mit Glatze und Spitzbart. Er trug ständig eine Sonnenbrille. Soweit Kaira wusste, trugen alle Bassspieler Sonnenbrillen.

»Links rum«, sagte Cotton, der Schlagzeuger, und gab Kaira drei Karten. Cotton hatte auch eine Glatze, aber nur, weil er sich den Kopf rasierte. Bei Duncan wuchsen an den Seiten noch ein paar Haare.

»Beim letzten Mal ging's linksrum«, sagte Billy Goat, der eigentlich Gottlieb hieß. Er spielte das Keyboard.

»Zu spät, ich habe meine Karten schon aufgenommen«, sagte Cotton.

Sie mochten einmal wilde Rockmusiker gewesen sein, aber jetzt kamen sie Kaira eher wie eine Gruppe alter Männer vor.

Aus der Anlage schallte Musik von Grateful Dead, die Kaira sehr monoton fand, aber das traute sie sich nicht zu sagen. Das hätte bei den Jungs als Todsünde gegolten. Sie tat auch so, als störte sie der Zigarettenrauch nicht. Alles war besser, als die lange Fahrt über ganz allein in ihrem Bus zu hocken.

Sie wusste, die Jungs hielten sie alle für eine verwöhnte Primadonna, die von Musik keine Ahnung hatte. Das war leicht herauszuhören. Alle in der Band hatten schon Musik gemacht, als sie noch nicht mal geboren war, und oft nannten sie Namen von berühmten Leuten, mit denen sie gespielt hatten, die Kaira völlig unbekannt waren.

»Okay, wer hat die Kreuz-Zwei?«, fragte sie. »Oh, die habe ich ja selber.« Sie lächelte und legte die Karte auf den kleinen Kaffeetisch.

Sie studierte ihr Blatt. Bisher hatte sie Hearts nie mit richtigen Leuten gespielt, sondern immer nur am Computer, und sie verlor fürchterlich. Jedes Mal schien sie die Pik-Dame zu bekommen.

Der Bus hatte zwei Sofas, die im rechten Winkel zueinander standen, und davor einen Kaffeetisch für »Füße und Getränke«. So hatte Cotton es genannt. Fast alles, was er sagte, brachte sie zum Lachen.

Drei andere Bandmitglieder und die drei Hintergrundsängerinnen hatten den Bus verpasst und mussten sehen, wie sie nach Houston kamen.

»Wo wir schon nach Texas fahren, sollten wir auch Musik aus Texas hören«, sagte Tim B. Er stand auf, stolperte und fiel gegen die Seite des Sofas. Ob das an der Bewegung des Busses lag oder dem Alkohol, den er getrunken hatte, wusste Kaira nicht so genau.

»Bin schon okay«, sagte er, rappelte sich wieder auf und ging hinüber zum CD-Regal. »He, Kaira, hast du mal was von Janis Joplin gehört?«

Kaira zögerte und sagte dann: »Klar, die rockt gut ab.«

Cotton durchschaute sie sofort. »Du kennst sie nicht, oder?«

»Äh, vielleicht, ich bin nicht sicher.«

»Wenn du sie schon mal gehört hättest, wüsstest du es«, sagte er.

»Wir reden hier von richtiger Musik«, sagte Tim B., während er mit der CD herumhantierte. »Ehrlich und echt bis auf die Knochen.«

»Und ohne aufgetakelte Hintergrundpüppies«, sagte Duncan.

»Darauf trink ich einen«, sagte Cotton und stieß mit ihm an.

Kaira gefielen die Hintergrundsängerinnen auch nicht, aber El Genius sagte, sie bedeuteten zusätzliche sexuelle Energie.

»Die Püppies füllen alles aus«, sagte Cotton. »Aber Musik braucht manchmal auch leere Räume.«

»Richtige Musik schon«, sagte Billy Goat. »Nur macht heute keiner mehr richtige Musik. Das ist alles nur noch Show.«

»Nur noch Futter für MTV«, sagte Duncan. »Für einen richtigen Musiker ist es heute fast unmöglich, noch was zu machen, das sich anzuhören lohnt. Das ist alles nicht mehr wie früher.«

»Hör nicht auf sie, Kaira«, sagte Cotton. »Das erzählen sie schon seit fünfundzwanzig Jahren.«

Janis Joplins Stimme kam aus den Lautsprechern. Kaira kannte sie noch nicht, aber sie mochte sie gleich. Die raue Stimme war voller Gefühl. Die Musik hatte eine rohe Energie, die nichts mit den polierten Songs zu tun hatte, die Kaira sang, in denen jede einzelne Note sorgfältig geplant und orchestriert war.

»Genau so muss Rock 'n' Roll sein«, sagte Tim B. und fiel halb zurück aufs Sofa.

»Sie stammt aus Port Arthur in Texas«, sagte Cotton.

»Wo liegt das?«

Keiner von den Bandmitgliedern schien es zu wissen.

»Irgendwo in Texas«, sagte Cotton.

Kaira lachte.

»Sag mal, Kaira«, sagte Billy Goat, »ich dachte, deine Mama erlaubt nicht, dass du mit uns fährst.«

»Sie weiß nicht, dass ich hier bin«, sagte Kaira. »Im Übrigen ist Fred da, um mich vor euch fiesen alten Kerlen zu beschützen.«

Der Idiot saß vorne beim Fahrer.

»Ich sag dir mal was«, sagte Billy Goat. »Deine Mama täte weit besser daran, ein aufmerksames Auge auf ihren Mann zu haben als auf dich.«

»Halt dich da raus«, sagte Cotton.

»Was meinst du damit?«, fragte Kaira.

»*Ein aufmerksames Auge …*«, sang Tim B.

»Ach nichts«, sagte Cotton.

»Sie ist ein erwachsenes Mädchen«, sagte Billy. »Sie kann die Wahrheit ruhig erfahren.«

»Du weißt ja nicht, wovon du redest«, sagte Cotton.

»Was?«, fragte Kaira.

»Ich sage nur«, sagte Billy, »dass deine Mama besser daran täte, ein Auge auf ihren Mann zu haben, und das andere auf Aileen.«

»Und ich sage nur«, sagte Cotton, »wenn du nicht weißt, wovon du redest, solltest du lieber die Klappe halten.«

»Aileen ist mit meiner Mutter befreundet«, sagte Kaira. »Sie gehen zusammen shoppen.«

»Sie ist auch mit deinem Vater befreundet«, sagte Tim B. lachend.

»Er ist nicht mein Vater«, sagte Kaira.

»Sie geht gerne shoppen, das steht fest«, sagte Duncan. »Aber die Frage ist: Wessen Geld gibt sie aus?«

Aileen war die Frau, die sämtliche Reisearrangements für die Tournee organisierte. Sie hatte das Kissen zurückgeholt, das Kaira in Connecticut vergessen hatte. Kairas Vater hatte ihr das Kissen geschenkt, als sie drei Jahre alt war. Als Aileen im Hotel anrief, sagte man ihr, es sei kein Kissen gefunden worden. Aber Aileen ließ sich damit nicht abspeisen. Sie flog zurück nach Connecticut und durchsuchte persönlich so lange die Wäschekammer des Hotels, bis sie es gefunden hatte.

Kaira wusste nicht, was sie denken sollte. Aileen wirkte so überlegt. Abgesehen davon, dass es hieße, dass sie ihre Mutter hinterging, konnte Kaira sich einfach nicht vorstellen, dass jemand, der so klug und so cool war wie Aileen, sich mit jemandem einlassen würde, der so grob und abstoßend war wie El Genius.

Bevor Aileen begann, sie auf ihren Shopping-Touren zu begleiten, war Kairas Mutter meistens mit lächerlich grellen, geschmacklosen Sachen nach Hause gekommen. Die Sachen, die sie jetzt mit Aileen zusammen kaufte, sahen richtig gut aus.

Aileen hatte einen guten Geschmack. Zumindest, was Kleider betraf.

Wenn El Genius ihre Mutter betrog, wäre das vielleicht gar nicht so schlecht, überlegte Kaira. Vielleicht würde sich ihre Mutter ja von dem Typen scheiden lassen!

Sie hörte, wie Janis den Blues sang, die Stimme voller Schmerz und Zärtlichkeit.

»Vielleicht könnten wir Janis treffen, solange wir in Texas sind«, sagte sie.

Duncan und Tim B. lachten.

»Wir alle werden Janis eines Tages treffen«, sagte Cotton, »aber nicht in Texas.«

Janis war vor über vierzig Jahren an einer Überdosis gestorben. Sie war damals erst siebenundzwanzig gewesen.

»He, Kaira, hast du schon mal von den Beatles gehört?«, fragte Duncan.

»Von wem?«, fragte Kaira.

»Verarsch mich nicht«, sagte Duncan. »Jetzt willst du mich verarschen.«

Kaira zuckte mit den Schultern.

Cotton lachte. »Sie hält dich zum Narren, Mann.«

Duncan war sich nicht so sicher.

Als sie in Houston ins Hotel kamen, war Aileen schon da, um ihnen ihre Zimmerschlüssel und Zeitpläne zu geben. Sie war früher gefahren und hatte sie alle eingecheckt. So konnten sie sofort auf ihre Zimmer gehen. Das Gepäck würde ihnen gebracht werden.

»Du bist Rhoda Morgenstern«, erklärte sie Kaira, als sie ihr den Schlüssel gab.

Kaira suchte in ihrem Gesicht nach Spuren von Betrug, konnte aber nichts entdecken.

Selbst mit ihren hohen Absätzen war Aileen noch kleiner als Kaira. Alles an ihr war klein – Taille, Füße, Ohren, Mund. Sie war schick und gestylt wie ein kompaktes, modernes Handy.

»Weißt du, wer Rhoda ist?«, fragte Aileen.

»Mary Tyler Moores beste Freundin«, sagte Kaira.

»Nein, eher die von Mary Richard«, sagte Aileen.

Das war ein kleines Spielchen zwischen ihnen. Aileen checkte Kaira immer unter einem erfundenen Namen ein, damit ihr keine Fans auf die Bude rückten. Die Namen suchte sie sich aus alten Fernsehshows, aber da hatte Kaira bisher immer mitgehalten.

Sie sah zu viel Fernsehen.

11.

X-Ray holte Deo von der Schule ab, und sie fuhren zur South Congress Avenue, wo es eine Barbecue-Kneipe geben sollte, die »Smokestack Lightnin'« hieß. Jemand namens Murdock wollte zwei Karten.

»Mir ist nicht wohl dabei, so in ein fremdes Revier zu fahren«, sagte X-Ray.

»Warum konnte er nicht zum H. E. B. kommen?«

»Er sagte, er könne nicht weg. Arbeitet da von sechs Uhr morgens bis Mitternacht.«

Für Deo klang das leicht verdächtig.

Für X-Ray auch. Deshalb hatte er gewollt, dass Deo mitkam.

»Ich muss um eins bei der Arbeit sein«, sagte Deo.

»Da bringe ich dich schon rechtzeitig hin«, versicherte X-Ray.

Die Congress Avenue hieß so, weil an ihrem Ende das majestätische State Capitol lag. Da trat der texanische Kongress zusammen – aber nur jedes zweite Jahr, deshalb konnten sie nicht zu viel Schaden anrichten.

Direkt südlich vom Capitol lagen das Finanz- und das Theaterviertel, und dann kam die Congress Street Bridge, die über den Town Lake führte. Eine Kolonie von einer Million Fledermäusen lebte in den Rissen und

Spalten unter der Brücke. Ein paar vornehme Hotels lagen am Ufer des Sees, der eigentlich kein See, sondern ein Fluss war, und nach Einbruch der Dämmerung kamen die Touristen, um zuzusehen, wie die Fledermäuse unter der Brücke ausschwärmten, auf der Suche nach Futter. Sie hinderten die Moskitos daran, sich zu sehr auszubreiten.

»Ist Murdock sein Vorname oder sein Nachname?«, fragte Deo, als sie über die Brücke fuhren.

Ein Mädchen in sehr kurzen Shorts und einem Bikinioberteil joggte ebenfalls auf die andere Seite. Sie hatte ihren Hund dabei.

»Huuh! Huuh!«, rief X-Ray durch Deos offenes Fenster.

Das Mädchen zeigte ihnen den ausgestreckten Mittelfinger.

Der südliche Teil der Congress Avenue hatte mit der Straße nördlich des Flusses keine Ähnlichkeit mehr. Deo sah überall mit Brettern vernagelte Fenster, Schnapsläden, Bars und Tätowierungsstudios. Abends gab es hier mit die beste Musik von Austin, aber in der Hitze und dem hellen Mittagslicht schien es so, als steckte der Straße noch die letzte Nacht in den Knochen.

»Da ist es«, sagte X-Ray.

»SMOKESTACK LIGHTNIN« war in braunen Buchstaben auf das Rauchglasfenster eines Restaurants gepinselt, das gleich neben der »Fingernagel Börse« lag. Deo konnte das gegrillte Fleisch schon riechen, als sie aus dem Auto stiegen. Wenn sie nicht hier wären, um Karten zu verkaufen, hätte er nichts gegen eine Bratwurst oder ein Beef-Sandwich einzuwenden gehabt. Wegen X-Ray hatte er nicht zu Mittag gegessen.

»Hier, die nimmst du besser«, sagte X-Ray und gab ihm die Karten.

Deo hatte sie seit dem Morgen an der Lonestar Arena nicht mehr gesehen. Wieder las er, was deutlich lesbar auf der Rückseite stand: »Diese Karte darf nicht weiterverkauft werden.«

Eine Glocke läutete, als X-Ray die Tür öffnete. Deo folgte ihm nach drinnen.

Es waren nur ein paar Tische besetzt, aber es war auch noch nicht ganz zwölf. Eine Rolle mit braunen Papiertüchern stand auf jedem Tisch und daneben eine ganze Batterie Flaschen mit scharfen Soßen.

Sie gingen durch das Lokal.

»Was wollt ihr haben?«, fragte der Mann hinter der Theke. Hinter einer schmutzigen Scheibe lagen verschiedene Fleischstücke ausgestellt.

»Wir suchen einen gewissen Murdock«, sagte X-Ray.

»Ihr habt ihn schon gefunden.«

Er war ein Schwarzer mit grauem Haar und grauem Bart. Seine Schürze war voll gespritzt mit Fett und Barbecue-Soße.

»X-Ray?«

»Ja, und das hier ist mein Partner Deo.«

Murdock lachte, als er den Namen hörte. »Deo? Ich kannte mal einen, der nannte sich ›Verbrannter Toast‹. Spielte Posaune. Spielst du auch ein Instrument, Deo?«

Deo wollte ihm schon von dem Skorpion erzählen, schüttelte stattdessen aber nur den Kopf.

»Lasst mich die Karten sehen.«

Deo gefiel es nicht, ihm die Karten einfach so zu geben. Wenn Murdock sich entschied, sie zu behalten, konnten sie kaum etwas dagegen tun.

»Zeig ihm die Karten«, sagte X-Ray.

Deo hielt die Karten über die Theke.

Murdock nahm sie und sah sie sich an. »Reihe M. Nicht schlecht. Zweihundertsechzig, richtig?«

»Genau«, sagte X-Ray, »und das ist echt billig.«

»Da kenn ich mich nicht aus«, meinte Murdock, »aber ich sehe meine Tochter nur ein Wochenende im Monat. Da möchte ich, dass was draus wird. Als sie hörte, dass Kaira DeLeon in die Stadt kommt, hat sie von nichts anderem mehr geredet. He, Wiley, kennst du die Musik von Kaira DeLeon?«

»Von wem?«, fragte einer der wenigen Gäste im Lokal.

»Kaira DeLeon.«

»Nie gehört.«

Wiley trug ein Harley-T-Shirt und hatte beide Arme voller Tätowierungen.

»Geh und drück E4«, sagte Murdock. »Mal sehen, ob sie dich nicht aus den Latschen haut.« Dann wandte er sich wieder X-Ray zu. »Ich weiß das zu schätzen, dass ihr Jungs bis hier herunter kommt. Wenn man seinen eigenen Laden hat, muss man vierundzwanzig Stunden am Tag da sein. Ich mache alles – kochen, abwaschen, putzen, was so anfällt.«

Deo wartete darauf, dass er entweder die Karten zurückgab oder das Geld herausholte.

Wiley machte sich an der Musikbox zu schaffen. Er war ein echter Riese, und Deo würde sich nicht gern mit ihm und Murdock anlegen müssen.

»Kann ich euch was zu essen bringen?«, fragte Murdock. »Geht aufs Haus.«

»Ein Beef-Sandwich«, sagte X-Ray.

»Was ist mit dir, Deo?«

Er machte sich mehr Gedanken über das Geld als über das Essen.

»Das Gleiche«, sagte er.

»Scharf oder nicht so scharf?«, fragte Murdock.

»Nicht so«, sagte X-Ray.

»Deo?«

»Das Gleiche.«

Kairas Stimme erfüllte den Raum.

I'm not the kinda girl who's apt to …
Settle down,
No, I'm the kinda girl who likes to …
Get around.

Ich bin keins von den Mädchen, die gerne …
Ruhe geben.
Nein, ich gehör zu denen, die lieber …
Was erleben.

Murdock brachte ihnen die Sandwiches an die Kasse. Er öffnete die Kasse, nahm zweihundertsechzig Dollar heraus und gab sie X-Ray zusammen mit seinem Sandwich.

Deo schämte sich etwas, dass er ihm nicht getraut hatte.

I see you lookin' at me
the way you do …
Just hold on!
a little longer.
Just hold on!
a little bit longer.

Hold on baby
just a little bit longer
'Cause I'll get around to you!

Ich seh, wie du mich anguckst
auf deine eigne Weise …
Warte noch!
ein bisschen länger.
Warte noch!
ein kleines bisschen länger.
Oh, Baby, warte
nur noch ein kleines bisschen länger,
Weil ich dann zu dir komm!

Murdock lachte. »Mann, ist die nicht wunderbar?«

»Schon in Ordnung«, sagte Wiley.

»Was wollt ihr trinken«, fragte Murdock X-Ray.

Neben der Kasse stand ein großer Metalleimer voller Eis und Sprudelflaschen.

»'ne Kräuterlimo«, sagte X-Ray.

Murdock sah Deo an. »Lass mich raten. Das Gleiche?«

Deo zuckte mit den Schultern.

»Sagt er dir auch, wann's zum Pinkeln geht?«

Deo lächelte und zuckte entschuldigend mit den Schultern.

And now that you got me …
in your arms,
Ooh, I feel so …
soft and warm
There is only one thing
I want to say …

Und jetzt hältst du mich …
in deinem Arm.
Uuh, wie fühl ich mich …
weich und warm.
Nur eins noch, eins noch
Will ich sagen …

Deo biss in sein Sandwich. Er hatte schon viele Beef-Sandwiches gegessen, aber das hier war wahrscheinlich das beste. Das konnte natürlich auch was damit zu tun haben, dass er jetzt sein ganzes Geld zurückhatte, und sogar noch etwas mehr.

Just hold on!
a little longer.
Just hold on!
a little bit longer.
Hold on, baby,
just a little bit longer
And then I'll be on my way.

Warte noch!
ein bisschen länger.
Warte noch!
ein kleines bisschen länger.
Oh, Baby, warte
nur noch ein kleines bisschen länger
Und dann komm ich zu dir.

12.

X-Ray verkaufte noch vier Karten an ein paar High-School-Schüler aus Westlake, und plötzlich hatte Deo noch mal zweihundertsiebzig Dollar. Er hatte jetzt dreihundert verdient, und es waren immer noch zwei Karten übrig, was weitere hundertfünfunddreißig Dollar wären.

Die letzten zwei Wahlreden für den Herrscher der Welt wurden Donnerstagmorgen gehalten. Die vorletzte kam von Tatianas Freundin Claire, die Dumbo den Elefanten mitgebracht hatte.

»... und alle anderen Elefanten machten sich über ihn lustig, aber er betrank sich und saß schließlich oben in einem Baum, und die Vögel sangen ihm da was vor. Und dann sagte seine Freundin, die Maus, dass er fliegen könne, wegen einer Zauberfeder ...«

»Ich hab den Film gesehen«, sagte ein Junge hinten in der Klasse, aber Claire redete einfach weiter.

»Das war mal mein Lieblingsfilm«, hörte Deo Tatiana flüstern. Er fragte sich, ob sie immer noch für Coo stimmen wollte.

Die letzte Rede hielt Robbie Kinkaid für ein Gürteltier namens Joe. Robbie dachte sich die Rede offenbar erst aus, als er vor der Klasse stand. Auch den Namen für sein Gürteltier.

»Das hier ist ein Gürteltier, glaube ich. Ihr könnt dafür stimmen, wenn ihr wollt. Es heißt ... Joe. Joe das Gürteltier. Es ist braun, hat vier Beine und diesen Panzer ...«

Endlich wurde abgestimmt.

Alle mussten ihre erste und zweite Wahl aufschreiben.

Joe das Gürteltier gewann, und Dumbo wurde der Vizeherrscher der Welt. Wenn Joe aus irgendeinem Grund seine Pflichten nicht wahrnehmen konnte, würde Dumbo einspringen.

Deo war enttäuscht, wollte es sich aber nicht anmerken lassen. Schließlich war es nur eine blöde Schulaufgabe, und die Leute stimmten sowieso für den Einzigen, an den sie sich noch erinnern konnten.

»Tut mir Leid, dass Coo nicht gewonnen hat«, sagte Tatiana nach der Stunde. Sie legte ihre Hand auf seinen Arm.

»Macht nichts.«

»Du hast die beste Rede gehalten«, sagte sie ihm, und ihre Hand lag immer noch da.

»Ginny hätte sich sehr gefreut.«

»Ist sie deine Schwester?«

»Nein, meine kleine Nachbarin.«

»Stimmt. Und sie hat Leukämie?«

»Eine Zerebralparese.«

Deo fragte sich, ob sie vergessen hatte, dass ihre Hand auf seinem Arm lag, aber wenn es so war, würde er sie nicht darauf aufmerksam machen. Ihre Fingernägel waren grün lackiert. Ihr Parfüm roch wie Honigmelone.

»Du, hör mal«, sagte er. »Magst du Kaira DeLeon?«

Sie drückte seinen Arm. »*Red Alert!* Das Lied ist toll.«

»Würdest du Samstag gern in ihr Konzert gehen?«

Sie biss sich auf die Lippe. »Du meinst, mit dir?«

»Ja.«

»Ja.«

»Ja?«, fragte er noch mal, nur um sicherzugehen.

Sie lächelte. »Ja.«

Als der Wirtschaftsunterricht endlich vorbei war, war Deo überzeugt, dass X-Ray die beiden Karten längst verkauft hatte, und dass er, Deo, siebenhundertfünfzig Dollar ausgeben musste, um zwei neue auf dem Schwarzmarkt zu kaufen. Er konnte X-Rays Stimme schon hören: »Siebenhundertfünfzig – *pro Stück*.«

Deo lief ins Sekretariat und fragte, ob er schnell einmal telefonieren dürfe. Die Sekretärin hatte Verständnis, aber es war gegen die Regeln. Und offenbar konnten weder der Rektor noch der Hausmeister oder sogar der Präsident der Vereinigten Staaten von Amerika was an den Regeln ändern.

Wo war Joe das Gürteltier, wenn man es brauchte?

Deo verließ das Sekretariat und entdeckte Matt Kapok, den dünnen Weißen aus seiner Wirtschaftsklasse.

Matt war wahrscheinlich der einzige Schüler in der Klasse, der an der Sommerschule teilnahm, weil er *wollte*, und nicht, weil er musste.

»Matt!«, rief Deo und rannte hinter ihm her. »Hast du zwei Vierteldollarmünzen? Es ist echt wichtig!«

Matt wich ein Stück zurück und zog sein Portemonnaie aus der Tasche. »Äh, sicher. Hier.« Er hielt ihm einen Dollar hin, aber der fiel auf den Boden, bevor Deo ihn zu fassen bekam.

Als Deo sich bückte, um ihn aufzuheben, ging Matt schnell an ihm vorbei und verschwand um die nächste Ecke.

»Ich geb ihn dir wieder!«, rief Deo hinter ihm her, aber er war sich nicht sicher, ob er ihn noch gehört hatte.

Er lief zurück ins Sekretariat, wo ihm die Sekretärin den Dollar wechselte, und rief dann vom Münzfernsprecher aus X-Ray an.

»Hast du die beiden Karten verkauft?«

»He, sag ich dir nicht die ganze Zeit, du sollst cool bleiben?«

»Hast du sie verkauft?«

»Hör zu, du musst einfach …«

»Ja oder nein?«

»Noch nicht, aber …«

»Verkauf sie nicht!«

»Moment mal. Wer bist du, und was hast du mit Deo angestellt?«

Deo erzählte ihm von Tatiana. »Sie hatte die Hand auf meinem Arm und roch so gut und … Ich konnte nicht mehr klar denken.«

»Ist das die, mit der ich dich neulich gesehen habe? Seltsame Frisur und so 'n schräges Lächeln?«

»Genau.«

»Die ist echt süß.«

»Ich hab mir gedacht, ich gebe dir hundertfünfunddreißig für die beiden Karten. Das hättest du gekriegt, wenn du sie verkauft hättest.«

Hundertfünfunddreißig schien ein guter Preis zu sein. Er war erleichtert, dass er keine fünfzehnhundert zahlen musste.

»Mann, die hat's dir ja echt angetan«, sagte X-Ray. »Hör zu, es sind deine Karten. Du brauchst sie nicht zweimal zu kaufen.« Er lachte. »Mann, das muss 'n Parfüm sein.«

13.

»So läuft's nun mal«, sagte Ginny, als Deo ihr erzählte, dass Coo nicht gewonnen hatte. Sie machten ihren täglichen Spaziergang um den Block.

»Sie hätten alle Namen auf einen Stimmzettel schreiben sollen«, sagte Deo. »Das Problem war, dass sich keiner mehr an die verschiedenen Reden erinnert hat.«

»So läuft's nun mal«, sagte Ginny.

Ihr Gesicht verzog sich, als sie das sagte, und Deo wusste nicht, ob das an ihrer Behinderung lag oder ob sie versuchte, nicht zu weinen.

»Aber immerhin habe ich eine Eins für meine Rede bekommen«, sagte er. »Dank Coo.« Er lächelte. »Wobei es natürlich nicht geschadet hat, dass Coach Simmons glaubt, ich trete nächstes Jahr in die Footballmannschaft ein.«

»Wie Mrs R-Randsinkle, die m-mir eine Ei-Eins in K-Kunst gegeben hat«, sagte Ginny.

Mrs Randsinkle war im letzten Jahr ihre Lehrerin gewesen.

»Und ich k-konnte noch nicht mal die F-Felder aus-m-malen.«

Deo fiel auf, dass sie mehr stotterte, wenn sie über die Schule redete.

»Ach weißt du, Kunst hat nicht nur was mit Felderausmalen zu tun«, sagte Deo. »Es geht um Kreativität. Du bringst deine Seele aufs Papier. Und das kannst du gut.«

»Nein, ich hab ihr nur Leid getan. Sie w-wünschte, ich w-wäre nicht in ihrer Klasse. Sie hat Angst vor meinen A-Anfällen.«

Deo hätte ihr gerne gesagt, dass das nicht stimmte, aber er wusste, dass sie wahrscheinlich Recht hatte. Ginny hatte genug Probleme, da musste er ihr nicht auch noch sagen, sie hätte Unrecht. »Ja, die können einem Angst machen«, sagte er. »Aber ich wette, sie hat dich auch gemocht. Du bist ein sehr überlegter und warmherziger Mensch.«

Ginnys Arm zeigte in die Höhe, aber diesmal merkte sie es selbst und nahm ihn wieder herunter.

»Oh, das habe ich dir gar nicht erzählt! Ich habe ein Mädchen gefragt, ob sie mit mir zum Kaira-DeLeon-Konzert geht.«

Ginny riss den Mund vor Erstaunen weit auf und versuchte dann, ihn mit einer Hand zu bedecken. »Was hat sie gesagt?«, fragte sie hinter der Hand hervor.

»Sie hat ja gesagt.«

Ginny kicherte.

»Was ist daran so komisch?«

»Wie d-du aussiehst.«

»Wie sehe ich aus?«

»Ganz verträumt.« Sie kicherte noch etwas mehr. »Wie heißt sie?«, fragte sie mit einem stichelnden Ton in der Stimme.

»Tatiana.«

Wieder kicherte sie.

»Was?«

»Wie du das gesagt hast.«

»Wie denn?«

»Tati-*ahna*.«

»Tatiana«, sagte Deo und versuchte, normal zu klingen.

»Tati-*ahna*«, sagte Ginny. »Ist sie schön?«

»Ja, aber auf ihre Weise. Es ist wie in dem Kaira-DeLeon-Song *Imperfection*. Kennst du den?« Er sang: *»Du siehst, wie du aussiehst, aber eins siehst du nie so wie wir, deine Unvollkommenheit ist das Tollste an dir.«*

Ginny lachte. Er war nicht gerade ein guter Sänger.

»Sie ist etwas Besonderes, weil sie anders ist«, erklärte Deo.

»Tati-*ahna*«, sagte Ginny. »Ich habe ihr Parfüm an Coo gerochen.«

Deo fiel ein, dass Tatiana Coo an sich gedrückt hatte.

»Tati-*ahna*«, zog ihn Ginny auf.

»Ich weiß nicht mal, ob sie mich wirklich mag«, sagte er. »Vielleicht ist sie bloß ein Kaira-DeLeon-Fan.«

»Sie mag dich«, sagte Ginny.

»Oh, und warum glaubst du das?«

»Weil … du ein sehr aufmerksamer und warmherziger Mensch bist.«

Während Ginny und Deo ihren Gang um den Block machten, saß Tatiana auf dem Boden in Claires Zimmer, zusammen mit ihrer Freundin Roxanne. Sie teilten sich eine Schüssel Popcorn und tranken Diätlimo.

»Hast du nicht ein bisschen Angst?«, fragte Roxanne.

»Nein, warum denn?«

Claire und Roxanne sahen sich wissend an.

»Er ist irgendwie gefährlich«, sagte Claire.

»Vielleicht findet sie das ja gerade gut«, sagte Roxanne. »Die *Gefahr*!«

»Er ist ein netter Typ«, sagte Tatiana. »Er ist süß.«

»Süß? Er hätte fast zwei Leute *umgebracht*, Mädchen!«, sagte Roxanne.

»Weißt du, wie sie ihn in Camp Green Lake genannt haben?«, fragte Claire.

»Ja, ich weiß«, sagte Tatiana.

»Deo«, sagte Claire. »Von all den Typen da, von all den üblen, schwitzenden Typen da stank er am schlimmsten!«

»Es war so schlimm, dass es sogar die anderen verschwitzten Stinker gerochen haben«, sagte Roxanne. »Und du weißt doch, wie *Jungs sind*! Da muss es schon grässlich stinken, bevor die überhaupt was riechen.«

»Und du willst wirklich neben ihm sitzen? In der heißen Arena, wo alle ganz dicht aufeinander hängen?«, fragte Claire.

»Wahrscheinlich legt er seinen fetten, schwitzenden Arm um dich«, sagte Roxanne.

»Ich mag *Red Alert*«, sagte Tatiana. »Ich glaube, es wird cool, Kaira DeLeon das live singen zu hören.«

Am Freitag ging Deo vorm Unterricht noch schnell auf die Toilette und spritzte sich kaltes Wasser ins Gesicht. Dann fing er Tatiana ab, bevor sie in die Klasse ging.

»Mein Freund sagt, ich kann sein Auto haben. Eine der Türen geht zwar nicht auf, aber wenigstens können wir fahren.«

»Das ist super«, sagte Tatiana. Sie ging in die Klasse und schob sich zwischen den Tischen durch. Claire flüsterte ihr etwas zu, als sie sich hinsetzte.

Deo konnte nicht hören, was Tatiana antwortete, aber er las es von ihren Lippen ab. Sie sagte, Claire solle den Mund halten.

Am Samstag ging er schon früh zur Arbeit. Er war froh über die körperliche Anstrengung. Sonst hätte er sich nur selbst verrückt gemacht und pausenlos über das Konzert und Tatiana nachgedacht.

Hernandez hatte eine Truckladung Erde in die Auffahrt gekippt, und jetzt mischten sie Torf darunter und verteilten das Ganze im Garten.

Besser, man nimmt eine Pflanze für fünfzig Cent und dazu Erde für zehn Dollar als umgekehrt eine Zehndollarpflanze und Erde für fünfzig Cent. Jack Dunlevy sagte das immer.

Gegen halb fünf kam er zurück nach Hause, duschte aber nicht gleich. Sonst wäre er schon wieder völlig verschwitzt, wenn er Tatiana abholte. Stattdessen ging er zu Ginny.

Ginnys Mutter sah erschöpft aus, als sie die Tür öffnete.

»Oh, bin ich froh, dass du da bist«, sagte sie. »Ginny ist … Es war mein Fehler. Ich habe etwas gesagt, das ich nicht hätte sagen sollen.«

Deo ging hinein. »Ginny, ist alles in Ordnung?«

Sie saß auf dem Boden, hatte Coo im Arm und heulte.

»Ginny, was ist los?«

»Mein D-D-Dad …« Sie konnte nicht weitersprechen.

»Hat dein Dad angerufen?«

Ihr Vater war davongelaufen, als sie noch ein Baby war.

»Er ist w-w-wegen mir w-weg. W-wegen meiner Beh-hinderung.«

»Das habe ich nicht gesagt!«, sagte ihre Mutter.

»Stimmt aber doch!«, rief Ginny.

»Es war nicht wegen dir. Es war die ganze Situation.«

»Wenn es mir b-besser geht, k-kommt er dann nach H-Hause?«

Ginnys Mutter weinte jetzt auch.

Deo setzte sich neben Ginny auf den Boden.

»Ich wusste nicht, dass dein Dad behindert ist«, sagte Deo.

»Ist er auch n-nicht.«

»Klingt mir aber ganz so. Er ist weit schlimmer dran als du. Du hattest nur eine kleine Blutung im Gehirn. Aber bei ihm stimmt was mit der Seele nicht. Wenn er deine Mutter und dich verlassen hat, muss etwas mit ihm nicht in Ordnung sein. Findest du nicht?«

Ginny zuckte mit den Achseln.

»Ich hoffe sehr, dass es ihm bald besser geht. Du kannst wenigstens zur Physiotherapie. Was sie für ihn tun können, weiß ich nicht.«

In dem Moment klopfte es an der Tür, die sich gleich darauf öffnete. Deos Mutter steckte den Kopf ins Zimmer. »Ist Theodore hier?« Sie hatte das Telefon dabei und hielt mit der Hand die Sprechmuschel zu. »*Sie* ist dran.«

Seine Mutter war fast genauso aufgeregt über seine Verabredung wie er selbst, obwohl er ihr immer wieder sagte, dass es keine Verabredung war. Sie würden nur zusammen auf ein Rockkonzert gehen.

»Hallo«, sagte er. Er nahm das Telefon und ging hinaus, damit er ungestört reden konnte.

»Hi, wie geht's«, sagte Tatiana.

»Bestens. Ich freue mich echt auf das Konzert.«

»Hör zu, ich weiß nicht, wie ich es sagen soll. Ich kann so was nicht gut.«

»Was?«

»Es tut mir wirklich Leid, aber ich kann doch nicht mit ins Konzert kommen.«

Er antwortete nicht.

»Theodore? Bist du noch da?«

»Ja.«

»Es tut mir echt Leid. Aber da ist diese Familiensache, zu der ich muss. Ich hatte nicht mehr dran gedacht, und sie wollen mich nicht gehen lassen. Meine Eltern haben einen richtigen Familientick!«

»Ich verstehe«, sagte Deo.

»Wirklich?«

»Ja.«

»Aber du musst mir am Montag alles genau erzählen. Okay?«

»Okay.«

»Versprochen? Was sie singt, was für Sachen sie anhat. Ich will *alles* wissen!«

»Okay.«

»Ich hab so ein schlechtes Gewissen. Vielleicht kann jemand anders mit dir gehen.«

»Klar, mach dir keine Sorgen.«

Er legte auf und wählte X-Rays Nummer.

»War es Tati-*ahna*?«, zog ihn Ginny auf, als er wieder ins Zimmer kam. Sie schien sich besser zu fühlen.

»Sie kann nicht zum Konzert.«

»Oh, das tut mir Leid«, sagte seine Mutter.

»Na ja, so läuft's nun mal«, sagte Deo und zwinkerte Ginny zu.

»Willst du Coo einen Moment lang halten?«, sagte sie.

Er schüttelte den Kopf. X-Ray hatte gesagt, dass immer noch Leute wegen der Tickets anriefen, also war es vielleicht noch nicht zu spät. Sonst könnten sie immer noch zur Lonestar Arena gehen und versuchen, sie dort noch vor der Tür zu verkaufen.

Aber dann kam ihm ein anderer Gedanke.

»Ginny«, sagte er, »magst du nicht mit ins Konzert gehen?«

Ihre Augen wurden größer und größer, und sie sah ihre Mutter an, die erst mit den Schultern zuckte und dann zustimmend nickte.

14.

»Komm mir nur nicht mit einem Nasenpiercing nach Hause«, sagte Ginnys Mutter zu ihr.

Ginny versprach es.

Deos Eltern schienen sich mehr Sorgen um Ginnys Sicherheit zu machen als ihre eigene Mutter, aber das lag auch mit an Deo, weil er seinen Eltern immer widersprechen musste.

»Behalte Ginny genau im Auge.«

»Sie kann gut auf sich selbst aufpassen.«

»Bei einem Rockkonzert gibt es viele Verrückte.«

»Bloß weil Leute eine Tätowierung oder eine gepiercte Zunge haben, sind sie nicht gleich verrückt!«

»Wenn du dich nicht verantwortlich verhältst ...«

»Ginnys Mutter vertraut mir. Warum könnt ihr das nicht? Ihr seid schließlich meine Eltern.«

»Weil wir dich kennen.«

Deo wusste eigentlich gar nicht, warum er mit ihnen stritt.

In Wirklichkeit war er genauso nervös wie sie, wenn nicht noch mehr. Er wusste, dass es bei einem Rockkonzert wild zugehen konnte, und er war fest entschlossen, Ginny zu beschützen und ihre Hand zu halten, bis sie sicher auf ihren Plätzen saßen.

Er rief X-Ray an, um sich zu vergewissern, dass er die Karten nicht schon verkauft hatte.

»Ich habe gerade einen in der Leitung«, sagte X-Ray, »der will hundertfünfzig pro Karte zahlen. Ich hab dir doch gesagt, der Preis klettert immer weiter in die Höhe. Hab ich das nicht gesagt?«

»Du kannst sie nicht verkaufen. Ich nehme Ginny mit.«

»Ginny? Bist du jetzt völlig durchgedreht? Hast du deinen Baumwollpflückerverstand verloren?«

»Hör zu, sie hatte einen sehr schlechten Tag. Bring die Karten bitte her. Ich will möglichst früh mit ihr los, damit wir nicht ins Gedränge kommen.«

»Es geht um dreihundert Dollar!«

»Ich hab's Ginny versprochen.«

X-Ray sagte, er sei in zwanzig Minuten da, aber er hörte sich gar nicht zufrieden an.

Deo seufzte, als er den Hörer zurücklegte. Vielleicht war er verrückt. Er wusste nicht mal, ob Ginny mit der lauten Musik und den vielen Leuten fertig werden würde.

Das Telefon klingelte. X-Ray war wieder dran.

»Ich habe dem Typ gesagt, dass die Karten nicht mehr zu verkaufen sind, und er hat zweihundert pro Stück geboten.«

»Nein«, sagte Deo.

»Vierhundert Dollar!«

»Nein.«

Um sieben Uhr war X-Ray immer noch nicht da. Deo und Ginny warteten zusammen mit Ginnys Mutter auf der Veranda vor dem Haus.

»Du hörst auf Theodore und tust alles, was er sagt«, ermahnte Ginnys Mutter ihre Tochter.

»Das mach ich«, versprach Ginny.

Sie würden mit dem Auto von Ginnys Mutter fahren. Sie bestand darauf, und er war froh, nicht das X-Mobile nehmen zu müssen. Dann hätten sie erst noch X-Ray nach Hause fahren müssen, und sie waren schon spät dran. Außerdem war der Camry von Ginnys Mutter zweifellos zuverlässiger und sicherer als X-Rays Auto.

Seine Mutter kam nach draußen. »Ist er immer noch nicht da?«

Deo schüttelte den Kopf.

»Sie müssen sehr stolz auf Theodore sein«, sagte Ginnys Mutter.

Deos Mutter wusste nicht recht, was sie sagen sollte. »Äh, ja, sicher, das bin ich.«

Wenn er die Karten verkauft hat, bringe ich ihn um, dachte Deo genau in dem Moment, als das X-Mobile um die Ecke gebogen kam.

Deo und Ginny standen auf und gingen zur Straße. X-Ray parkte vor dem Haus und stieg auf der Beifahrerseite aus.

»Warum hast du so lange gebraucht?«, fragte Deo.

X-Ray antwortete nicht. »He, Ginny, bist du bereit für 'ne Dosis Rock 'n' Roll?«

»Ja.«

X-Ray lachte und gab Deo den Umschlag mit den beiden übrig gebliebenen Karten. »Und du denk immer dran«, sagte er. »Schön geschmeidig bleiben.«

»Okay, okay«, sagte Deo und nahm die Karten.

»Hörst du, was ich dir sage? Geschmeidig bleiben.«

»Ja, ich hab's gehört«, sagte Deo, der keine Zeit mehr für X-Rays Gerede hatte.

Er und Ginny setzten sich in den Wagen ihrer Mutter,

und er fuhr vorsichtig rückwärts aus der Auffahrt, während alle vorm Haus winkten. Er sah, wie X-Ray etwas zu Ginnys Mutter sagte, die daraufhin lachte.

Sie bogen um die Ecke.

Auf der Uhr im Auto war es 7:06. Das Konzert begann erst um acht.

Er zwinkerte Ginny zu. Sie schloss und öffnete beide Augen.

Deo sang: »*Komm, ich nehm dich ein Stück mit! Und das wird ein Riesenspaß! Komm, ich nehm dich ein Stück mit …*«

Ginny stimmte mit ein: »*Oh, was wird das für ein Spaß!*«

Deo: »*Ich nehm dich mit an einen Ort, an dem du noch nie warst …*«

Und die letzte Zeile sangen sie zusammen: »*… und hinterher wirst du ein anderer sein!*«

15.

Sie sangen während der ganzen Fahrt zur Lonestar Arena. »Du stotterst überhaupt nicht, wenn du singst«, sagte Deo.

Ginny lachte.

»Vielleicht solltest du immer nur singen.«

Ginny lachte wieder. *»Guten Mor-gen«*, sang sie. *»Ich hätte gern Pfann-kuchen.«*

Deo lachte mit und bog auf den Parkplatz, der voller Autos und Leute war.

»Zwei mal zwei ist vier. Mrs Randsinkle«, sang Ginny.

Nirgends war eine Lücke zu entdecken, die auch nur annähernd wie ein Parkplatz aussah. Es war X-Rays Schuld, weil er so spät gekommen war.

Er holte den Behindertenausweis aus der Ablage in der Tür neben sich. »Ich glaub, wir müssen den hier nehmen«, sagte er.

Ginny hörte auf zu singen.

»Nicht weil ich glaube, du könntest nicht laufen.«

Ginny nickte. »Ich weiß«, sagte sie.

Er hängte den Ausweis ins Fenster und parkte ganz vorn.

Ginny hielt Deos Hand gefasst, als sie auf das Gebäude zugingen. Sie war so aufgeregt, dass sie ein paar Mal fast gefallen wäre, hätte er sie nicht gehalten. »Kleine Schritte«, erinnerte er sie.

»Ist sie okay?«, fragte der Kartenabreißer.

»Sie tanzt schon«, sagte Deo.

Drinnen mussten sie sich durch ein dichtes Gedränge von Menschen kämpfen, die alle in unterschiedliche Richtungen wollten. Sie stellten sich an die lange Schlange an einem Verkaufsstand an. Ginnys Mutter hatte ihr zwanzig Dollar gegeben.

Deo hob Ginny in die Höhe, damit sie sehen konnte. Sie wollte sich ein offizielles T-Shirt der Kaira-DeLeon-Tour kaufen, aber als sie endlich an die Reihe kamen, sagte der Verkäufer, dass es achtundzwanzig Dollar koste.

Deo wollte die fehlenden acht Dollar dazugeben, aber Ginnys Mutter hatte ihrer Tochter eingeschärft, sie solle Theodore für nichts zahlen lassen. Also kaufte Ginny stattdessen zwei Softdrinks in Kaira-DeLeon-Souvenirbechern und einen Eimer Popcorn, den sie sich teilen würden. Sie zahlte mit ihren zwanzig Dollar und bekam einsfünfundsiebzig zurück.

Deo nahm das Popcorn und seinen Becher und Ginny ihren Becher und seinen Arm, und sie gingen zu ihren Plätzen. Deo musste an das letzte Mal denken, als er einen Eimer Popcorn in so dichtem Gedränge getragen hatte, aber sie erreichten Block B, Reihe M und ihre Sitze 1 und 2 ohne Zwischenfall.

Die große Bühne vor ihnen war ins Publikum hineingebaut, und links und rechts auf ihr standen riesige Lautsprecherwände. Hinter ihnen waren mindestens noch vierzig Sitzreihen, dann kam eine zweistufige Tribüne, die sich auch an den Seiten entlangzog.

Deo sah sich um, und ihm wurde klar, dass die Leute

gleich neben ihnen ihre Karten von X-Ray gekauft hatten. Nun, wenigstens hatten sie für ihr Geld etwas bekommen: Die Plätze waren wirklich toll.

»Tolle Plätze, was?«, sagte er.

»Ja«, sagte Ginny.

Er hielt nach Murdock Ausschau, konnte ihn aber nicht entdecken. Ein paar Plätze weiter saß ein schwarzes Mädchen mit ihrem Freund. Wenn das Murdocks Tochter war, tat er ihm Leid. Wenn Deo sich recht erinnerte, hatte Murdock die Karten gekauft, damit er an dem einen Wochenende im Monat, an dem er seine Tochter sah, etwas mit ihr unternehmen konnte.

Hinter der Bühne kaute Kaira DeLeon auf einem Stück Kaugummi, das schon lange den Geschmack verloren hatte. Diese Minuten jetzt waren immer die schwierigsten für sie. Aber sie wusste, wenn sie erst singen konnte, würde sie in die Musik eintauchen, und alles andere würde verschwinden.

Der Backstagebereich war voller Leute, von denen sie nicht einmal die Hälfte kannte. Abgesehen vom Personal, das mit ihr auf Tournee war, liefen da hohe Tiere von ihrer Plattenfirma herum, deren Kinder, deren Freunde, die Kinder von Anwälten und Verwandte der Sicherheitsleute. Und zwischendurch schaffte es immer mal wieder einer an ihrem Idioten vorbei und bat um ein Autogramm. In Houston hatte eine Mutter mit ihren beiden Töchtern sie doch tatsächlich gefragt, ob sie nicht ein Lied für sie singen könnte.

Kaira trug einen lavendelfarbenen Trainingsanzug. Ihr Showkostüm, kaum mehr als ein glitzernder Bikini mit lauter Fransen, hatte sie schon darunter. Aus irgendeinem

Grund war es okay, sich vor Tausenden von Menschen so zu zeigen, aber hier, in der Enge hinter der Bühne, hätte sie sich geschämt.

Sie wünschte, sie wäre in ihrer Garderobe geblieben, statt zwischen all den Leuten zu stehen. Es war zwar fast acht, aber die Konzerte fingen nie pünktlich an. Das hätte sie langsam wissen müssen. El Genius gefiel es, das Publikum »schmoren zu lassen«. Er wollte nicht, dass sie auf die Bühne ging, bevor nicht alle draußen im Saal vor Ungeduld tobten.

Sie sah zu ihm hinüber, wie er in sein Walkie-Talkie schrie, und die Person am anderen Ende tat ihr Leid. Neben ihm stand ihre Mutter und trank etwas aus einem der schrecklichen Plastikbecher mit ihrem Bild drauf. Sie trank seit neuestem Cocktails während Kairas Auftritten.

Wenigstens war Aileen nicht da. Kaira konnte ihren Anblick nicht mehr ertragen. Aileen war bereits nach Dallas aufgebrochen, um dort alles mit dem nächsten Hotel zu arrangieren.

Kaira fragte sich, ob ihre Mutter ahnte, dass zwischen Jerome und Aileen etwas war. Vielleicht war das der Grund für die Cocktails.

Ein DJ stand draußen auf der Bühne und feuerte das Publikum an.

»SEID IHR ALLE BEREIT?«

* * *

»Ja!«, brüllte Ginny so laut, wie sie konnte, aber nicht mal Deo, der direkt neben ihr saß, konnte sie hören.

»SEID IHR SICHER?«

»Ja!«, schrien Ginny und Deo.

»DENN IN GENAU FÜNF MINUTEN WIRD KAIRA DELEON GENAU HIER STEHEN!«

Deo fühlte, wie sich Ginnys Fingernägel in seinen Arm bohrten.

»ALSO WARTET NOCH EIN KLEINES BISSCHEN LÄNGER!«

Alle sangen die Zeile aus einem ihrer Lieder jubelnd mit.

Deo merkte erst nicht, dass ihm jemand auf die Schulter tippte. Er drehte sich um, und da stand ein Sicherheitsbeamter.

»Entschuldigen Sie«, sagte der Mann, »kann ich bitte mal Ihre Karten sehen?«

Ein Mann und ein junges Mädchen standen hinter ihm. Das Mädchen war wahrscheinlich in Ginnys Alter, obwohl sie viel größer war.

»Kann ich bitte Ihre Karten sehen?«, wiederholte der Sicherheitsbeamte.

»Meine Karten?«

»Bitte.«

Deo versuchte sich zu erinnern, wo er sie hingesteckt hatte. Er hoffte, dass er sie nicht verloren hatte, als er mit den Getränken und dem Popcorn beschäftigt war.

»Ihr sitzt auf unseren Plätzen!«, beschuldigte sie das Mädchen.

»T-tun wir n-nicht!«, sagte Ginny.

Deo stand auf, um seine Taschen zu durchsuchen. Der Sicherheitsbeamte trat einen Schritt zurück.

»Ich will keine Unannehmlichkeiten machen«, sagte der Mann und legte eine Hand auf sein Walkie-Talkie. »Ich möchte nur sichergehen, dass Sie auf den richtigen Plätzen sitzen.«

Deo wollte auch keinen Ärger. »Ich habe sie hier irgendwo.«

»Ich muss Sie bitten, mit mir zu kommen, Sir.«

»Aber ich habe die Karten!«, brüllte Deo, zum Teil aus Ärger und zum Teil, um den Lärm der Leute zu übertönen, die jetzt ungeduldig mit den Füßen trampelten.

»Bitte kommen Sie mit mir, und ich helfe Ihnen, die richtigen Plätze zu finden.«

»Warten Sie doch einen Moment.«

Der Sicherheitsbeamte sprach in sein Walkie-Talkie. »Ich brauche hier Verstärkung. Block B.«

Deos Hose hatte zu viele Taschen – drei rechts vorne, zwei links vorne und zwei hinten. »Ich hab sie!«, rief er und gab die Abschnitte dem Sicherheitsbeamten.

Während der Mann sie überprüfte, kamen zwei uniformierte Polizeibeamte den Gang herunter. »Was gibt es hier für ein Problem?«, fragte einer von ihnen.

»Gar keins«, sagte Deo.

»Gefälschte Karten«, sagte der Sicherheitsbeamte. »Und er will nicht gehen.«

»Was?«, rief Deo und griff nach den Karten.

Einer der Polizisten packte seinen Arm und drehte ihn ihm auf den Rücken.

Deo machte sich los, aber der andere Polizist packte ihn jetzt auch noch.

Im nächsten Moment lag er auf dem Boden, das Gesicht auf den Beton gedrückt. Er spürte, wie sich ihm ein Knie unten in den Rücken bohrte.

Es fühlte sich an, als würden ihm die Arme aus den Gelenken gerissen, erst zerrte ihm jemand den einen, dann den anderen Arm hinter den Rücken und legte ihm Handschellen an.

Dann packte ihm einer der Männer ins Haar, hob seinen Kopf an und schrie ihm ins Gesicht: »Was hat sie genommen?«

»Was hast du ihr gegeben?«, fragte jetzt auch der andere Polizist. Er zuckte vor Schmerz zusammen. Es fühlte sich an, als würde ihm jemand alle Haare auf einmal ausreißen. Er hörte, wie der Sicherheitsbeamte einen Arzt rief. »Wir müssen ihr den Magen auspumpen.«

Der Polizist ließ plötzlich sein Haar los, und Deo knallte mit dem Gesicht auf den Beton. »Hör zu«, sagte der Polizist. »Es würde uns wirklich helfen, wenn wir wüssten, um was für Drogen es sich handelt.«

»Wenn du glaubst, dass das jetzt schon übel ist«, sagte der andere, »dann bete, dass ihr nichts passiert.«

»Was hat sie genommen?«

»Hilf uns, ihr das Leben zu retten!«

Deo gelang es, einen Blick auf Ginny zu werfen, deren Körper unkontrolliert auf dem Boden zuckte.

Er bäumte sich auf und stieß die beiden Polizisten zurück, aber die hatten ihn schnell wieder unter Kontrolle. Ein Schlagstock landete in seinem Nacken.

»Was ist hier los?«

»Vorsicht, Frau Bürgermeister, der steht völlig unter Strom.«

»Sie schlagen hier niemanden, der bereits auf dem Boden liegt und auch noch Handschellen trägt.«

»Er hat das Mädchen unter Drogen gesetzt.«

Deo konnte den Kopf gerade genug drehen, um Cherry Lane zu erkennen. »Sie hat keine Drogen genommen«, keuchte er.

»Schnauze!«, sagte der Polizist und drückte seinen Kopf zurück auf den Boden.

»Ich bin's, Theodore Johnson.« Ihm gelang es noch einmal, das Gesicht vom Boden loszubekommen. »Ich habe einen Graben bei Ihnen am Haus ausgehoben. Sie haben gesagt, Sie bewundern mich!«

Die Bürgermeisterin bückte sich und stützte die Hände auf die Knie, um ihn besser sehen zu können. Ihr langes silbergraues Haar hing ihr links und rechts vom Gesicht herunter. »Du arbeitest für Jack Dunlevy?«

»Ja!«

»Was ist mit dem Mädchen?«

»Sie hat nichts genommen, ich schwöre es. Sie hat einen Anfall.«

»Er ist mit gefälschten Karten erwischt worden«, sagte einer der Polizisten.

»Lassen Sie mich ihr helfen«, bettelte Deo. »Bitte!«

»Sie wollen sagen, *er wusste*, dass sie gefälscht sind?«, fragte die Bürgermeisterin. »Sie denken, er setzt sich da hin und weiß, dass seine Karten gefälscht sind?«

»Ich kann ihr helfen«, sagte Deo.

»Geben Sie ihn frei!«, befahl die Bürgermeisterin.

»Ich glaube, das ist keine gute Idee.«

»Sie lassen ihn augenblicklich frei, wenn Sie nicht die nächsten zehn Jahre auf dem Lamar Boulevard Streife gehen wollen.«

Der Polizist verrenkte absichtlich Deos Arm, als er ihm die Handschellen abnahm. Der andere Polizist hielt seinen Schlagstock bereit.

Deo blieb unten und rutschte zu Ginny hinüber. Speichel rann ihr aus dem Mund, während sie immer noch hin und her zuckte. Ihre Augen waren weit geöffnet, aber sie sah nichts. Der Boden war voll mit verschüttetem Sprudel und Popcorn.

»Ich bin ja bei dir, Ginny«, sagte er sanft. »Ich bin wieder bei dir.« Er wischte ihr den Speichel aus dem Gesicht und rückte ihre Brille zurecht, die auf die Seite gerutscht war.

Die Leute um sie herum hatten Platz gemacht und die Stühle zur Seite geschoben.

Er schob die Hände unter ihren Kopf und hob sie sanft vom Boden auf. »Ist ja alles gut«, flüsterte er ihr zu und drückte ihren zitternden Körper an sich.

»Was ist jetzt?«, fragte Kaira. Draußen vor der Bühne hatte es eine Störung gegeben, und die Warterei machte sie wahnsinnig.

»Was Komischeres habe ich noch nie gesehen!«, lachte Jerome Paisley, als er zurück hinter die Bühne kam. »So 'n winziges Mädchen zuckt auf dem Boden rum und sabbert sich voll. Sah aus wie 'n Goldfisch, der aus dem Glas gefallen ist. Ihr wisst schon, wie die rumzappeln, bevor sie abkratzen.«

»Findest du das komisch?«, fragte Kaira.

»Alle dachten, sie ist zugedröhnt, aber Fehlanzeige! Die ist ein Spasti!«

»Und das findest du komisch?«, fragte Kaira noch einmal.

»Wie schrecklich«, sagte Kairas Mutter, obwohl sie sich vor allem Sorgen um ihren Drink zu machen schien, von dem nur noch die Eiswürfel übrig waren.

»Und bei sich hat sie dieses schwarze Riesenbaby«, erklärte El Genius, »und die Bullen prügeln ihm die Seele aus dem Leib, während die kleine Weiße da rumzuckt, weil sie denken, er hat ihr was in den Sprudel gekippt!«

»Oh ja, das ist wirklich unglaublich *komisch*!«, sagte Kaira. Gott, wie sie ihn hasste!

»Er meint ungewöhnlich – nicht zum Lachen«, erklärte ihre Mutter.

»So hat er's aber nicht gesagt!«

»War ihre eigene Schuld«, sagte der Mann ihrer Mutter. »Haben sich von irgendeinem Ganoven für dreihundert Dollar gefälschte Karten andrehen lassen!« Er lachte. »Manche Leute sind zu blöd zum Leben!«

»Wo sind sie jetzt?«, fragte Kaira.

»In fünf, zehn Minuten sollte da alles wieder in Ordnung sein. Lass dir von Rosemary noch mal die Haare aufpeppen. Die sehen 'n bisschen platt aus.«

»Wo sind sie jetzt?«, fragte Kaira wieder.

Sie saßen auf einer Pritsche im Sicherheitsbereich und waren von etlichen Sicherheitsleuten und Sanitätern umgeben. Deo hielt Ginny immer noch im Arm, die nur noch weinte und Schluckauf hatte.

Die Sanitäter wussten mit Drogen und kleineren Verletzungen umzugehen, hatten aber wenig Ahnung, was bei einer Zerebralparese zu tun war.

»Sie muss nicht ins Krankenhaus«, sagte Deo. »Sie braucht nur Platz zum Atmen.«

Eine Frau fasste nach Ginnys Handgelenk. »Ich fühle nur ihren Puls«, sagte sie. Ginny schüttelte ihre Hand ab.

Die Bürgermeisterin war auch da, obwohl der Leiter des Sicherheitsdienstes ihr wiederholt gesagt hatte, sie solle doch bitte zurück zu ihrem Platz gehen und das Konzert genießen. Draußen rief die Menge nach Kaira DeLeon und trampelte mit den Füßen. Deo spürte, wie der Boden zitterte.

»Sie sagen, er hat Sie angegriffen?«, fragte der Einsatzleiter der Polizei den Beamten, der Deo die Handschellen angelegt hatte.

»Ich wollte nur nach den Karten greifen!«, versuchte Deo zu erklären, fühlte aber gleich, wie Ginny erneut zu zittern begann, als seine Stimme lauter wurde.

»Er machte eine bedrohliche Bewegung, aber ich vermochte schnell die Kontrolle über die Situation zu erlangen.«

»Er hat sich klar der Verhaftung widersetzt«, sagte der andere Polizist.

»Seine kleine Freundin hatte einen Anfall!«, sagte die Bürgermeisterin. »Er wollte ihr helfen!«

»Bitte, Frau Bürgermeister, es wäre für alle besser, wenn Sie zurück zu Ihrem Platz gingen.«

»Ich werde es nicht zulassen, dass Sie Ihr Verhalten damit rechtfertigen, das Opfer zu beschuldigen«, sagte die Bürgermeisterin mit fester Stimme. »Ich möchte Sie etwas fragen«, sagte sie, jetzt zu dem Polizisten gewandt. »Wäre die Bewegung ebenso bedrohlich gewesen, wenn er weiß gewesen wäre?«

Deo musste die Sache Cherry Lane überlassen. Die ließ sich nicht so einfach wegschicken.

»Statt hier das Opfer zu beschuldigen«, fuhr sie fort, »sollten Sie da draußen sein und die Namen und Telefonnummern der Leute aufnehmen, die in der Nähe saßen. Vielleicht hat einer von denen Karten vom selben Händler gekauft.«

Noch zwei Leute kamen in den Raum, ein Kaugummi kauendes schwarzes Mädchen in einem lavendelfarbenen Trainingsanzug und ein gut gekleideter, etwa dreißigjähriger Weißer.

»Was zum Teufel wollen *Sie* denn hier?«, fragte der Leiter des Sicherheitsdienstes.

Ginny wusste, wer das Mädchen war. Ihr Schluchzen hörte sofort auf.

»Ich habe gehört, es gab Probleme mit ein paar Karten«, sagte das Mädchen. Sie setzte sich neben Deo auf die Pritsche und fragte Ginny nach ihrem Namen.

»Ginny.«

»Hi, Ginny.«

»Hi, Kaira«, sagte Ginny.

Als Deo begriff, wer das Mädchen war, konnte er kaum glauben, dass sie neben ihm saß und ihr Bein fast gegen seines stieß.

»Geht es dir besser?«, fragte Kaira.

»Ja.«

»Ist mit ihr alles okay?«, fragte Kaira auch Deo.

»Alles okay!«, sagte Deo und klang fast zu begeistert. Es war nicht zu fassen, dass er mit ihr sprach. »Das ist auch schon früher passiert. Sie braucht nur etwas Zeit, um sich zu erholen.«

»Wie ich höre«, sagte Kaira zu Ginny, »ist da draußen der Teufel los. So viele Leute, und dann sagen sie euch auch noch, eure Karten sind gefälscht.«

»Mein Körper hat auf *Red Alert* geschaltet«, sagte Ginny.

Kaira musste lächeln. »Aber jetzt scheint's dir ja wieder besser zu gehen«, sagte sie. »Würdest du gern hinter die Bühne kommen und dir das Konzert von da aus ansehen?«

»Ja.«

16.

Deo war nicht sicher, ob Kairas Einladung auch für ihn galt, aber er würde Ginny nicht allein lassen. Kaira führte sie aus dem Sicherheitsbereich einen dunklen Gang hinunter.

»Entschuldige, dass ich so langsam gehe«, sagte Ginny.

»Wir haben's nicht eilig«, sagte Kaira, während das Publikum draußen trampelte und klatschte.

»Du bist also ihr Pfleger oder so was?«, fragte sie Deo.

»Wir sind nur Freunde, sonst nichts«, sagte er.

»Er ist mein bester Freund«, sagte Ginny.

»Entschuldigt bitte!«, sagte Kaira. Weil Ginny ein weißes Mädchen war und Deo schwarz und so viel älter, hatte sie angenommen, dass er für ihre Familie arbeitete. *So viel zum Thema Rassismus!*

Deo hatte keine Ahnung, warum sie sich entschuldigte.

»Das hier ist Fred, mein Leibwächter«, sagte Kaira. »Er ist hier, um mich vor Ginny zu beschützen. Glaubst du, dass du mit ihr fertig wirst, Fred? Sie sieht ziemlich gefährlich aus.«

Deo lächelte über den Witz, aber er und alle anderen wussten, wen Fred argwöhnisch beobachtete.

»Ich mach nur meinen Job, Miss DeLeon«, sagte Fred.

Sie kamen an eine Treppe, und Kaira fragte Ginny, ob sie allein hinaufsteigen könne.

»Ich brauche jemanden zum Festhalten.«

»Halt dich an mir fest«, sagte Kaira und reichte ihr die Hand.

Deo staunte, wie ruhig Ginny war. Sie schien überhaupt nicht nervös wegen Kaira DeLeon. Er dagegen konnte kaum klar denken.

Kaira führte sie die Treppe hinauf, durch eine Tür und hinter die Bühne. Gleich mehrere Leute liefen auf sie zu.

»Das sind meine Freunde«, sagte Kaira, »Ginny und …«

»Theodore«, half Deo ihr weiter.

»Wir müssen einen Platz für sie finden, von dem aus sie das Konzert verfolgen können.« Sie drehte sich zu Deo und Ginny um. »David wird sich um euch kümmern.«

David trug eine Weste, aber kein Hemd. Er hatte rotes Haar, einen roten Bart und rote Brustbehaarung. An seinem Gürtel und in den verschiedenen Taschen seiner Weste steckten alle möglichen Werkzeuge.

»Kommt mit«, sagte David, während eine südamerikanisch aussehende Frau Kaira wegführte. »Wir setzen euch hinters Soundboard.«

»Moment, Moment«, sagte eine hübsche Frau in kurzem Rock und knappem T-Shirt. »Moment, Schätzchen. Ich mache euch erst mal ein bisschen sauber. David, besorg uns zwei T-Shirts.«

Die Frau sagte, sie heiße Rosemary, und brachte sie in den Schminkbereich, wo die drei Hintergrundsängerinnen saßen und rauchten.

Während sie Ginny noch half, sich zu waschen, kam

David mit einer Kiste Tour-T-Shirts zurück. »Was für eine Farbe willst du?«

»Rot«, sagte Ginny.

»Für ihn auch eins«, sagte Rosemary und zeigte auf Deo.

»Ist schon gut«, sagte Deo.

»Sieh doch, wie du aussiehst. Zieh dein Hemd aus.«

David nahm zwei Klappstühle und führte Deo und Ginny hinaus auf die Bühne. Er ging ganz nah am Keyboard vorbei.

Das Publikum, das ungeduldig geschrien und getrampelt hatte, hörte plötzlich auf und applaudierte. Alle warteten darauf, dass endlich etwas passierte.

Ginny drückte Deos Hand.

David stellte die Stühle hinter eine riesige elektronische Apparatur. »Keine Sorge«, sagte er, »hier sieht euch keiner.«

Sie saßen in der Nähe von einem der Lautsprechertürme, aber dahinter, so dass sie vom Lärm nicht weggeblasen werden würden.

Der Mann, der das Soundboard bediente, hieß Terry. Er trug einen Kopfhörer. Das Soundboard war eine große Tafel voller Schalter, Knöpfe und Lichter. »Wir brauchen das, damit sich die Bandmitglieder selbst hören und untereinander verständigen können«, erklärte Terry.

»Cool«, sagte Deo.

David kam einen Moment später mit zwei Souvenirbechern voll Zitrone-Limonen-Sprudel wieder. Als alles stockfinster wurde, ließ er sie allein, und dann brachte die Musik die Bühne zum Zittern und warf Deo fast vom Stuhl.

Hart aufblitzendes Licht wischte über die Bandmitglieder, und ein grüner Scheinwerfer erfasste Kaira DeLeon.

You've heard she's naughty,
You've heard she's wild.
You've heard she's just
A sweet innocent child!

Well now's the chance
for you find out!
'Cause I'm the she
You been hearin' about!

Ihr habt gehört, sie's frech,
Sie ist wild wie der Wind.
Ihr habt gehört, sie's einfach
Ein süßes, unschuldiges Kind!

Nun, jetzt habt ihr die Chance,
rauszufinden, was ist!
Denn ich bin das Mädchen,
Das niemand vergisst!

Es war kaum vorstellbar, dass da das Kaugummi kauende Mädchen sang, das sie ein paar Minuten vorher kennen gelernt hatten. Kaira war atemberaubend schön.

You wake up screaming
In the middle of the night.
Was it a nightmare?
Or was it too much delight?

Ihr wacht schreiend auf
Mitten in der Nacht.
Was für ein Albtraum
Hat euch um den Schlaf gebracht?

Der Boden unter ihnen erbebte mit jedem Trommelschlag, und Deo konnte spüren, wie der Bass bis tief in seine Knochen hinein wummerte. Er hoffte, dass es für Ginny nicht zu laut war, aber die starrte nur wie gebannt auf Kaira DeLeon.

Better open your eyes,
If you want to find out.
'Cause I'm the she,
You been dreamin' about!

Sperrt die Augen weit auf,
Weil ihr sonst was versäumt.
Denn ich bin das Mädchen,
Von dem ihr so träumt!

Das Scheinwerferlicht, das Kaira aus dem Dunkel hob, wechselte ständig die Farbe, und ihr Fransenoutfit schimmerte jedes Mal anders.

You been warned of her power,
You been warned of her charm.
They say when she loves you,
She causes bodily harm!

Well come a little closer,
If you want to find out,

'Cause I'm the she
They warned you about!

Vor ihrer Macht seid gewarnt,
Lernt ihre Reize zu meiden.
Wenn ihre Liebe euch trifft,
Müsst ihr körperlich leiden!

Komm noch ein Stück näher,
Ich bin nicht getarnt.
Nein, ich bin das Mädchen,
Vor dem man euch warnt!

Die Leute im Publikum wären gern noch ein Stück näher gekommen, wenn sie gekonnt hätten. Die Stimmung kochte. Ginny schrie Deo etwas ins Ohr, das er nicht verstehen konnte. Es machte nichts. Er spürte, wie begeistert sie war.

Als das Lied zu Ende war, standen sie beide auf und applaudierten wild. Kaira sah zu ihnen herüber und lächelte.

Das Konzert ging weiter. Kaira sang schnelle und langsame Lieder, verrückte und ganz aufrichtige, und immer behielt sie das Publikum geradezu magisch im Griff. Auch sie selbst spürte es. Normalerweise schloss sie das Publikum aus und verschwand in ihren Liedern, aber heute war es anders. Fast konnte es einem so vorkommen, als wären die Leute Teil der Band. Kaira sprühte vor Energie.

»Egal, wann ich das Radio einschalte«, sagte sie, »immer geht es darum, was Wut und Hass in dieser Welt angerichtet haben. Fast scheint es so, als glaubten alle Männer, sie müssten hart und grausam sein. Für mich ist ein Mann jemand, der mutig genug ist, zu lieben und sich lieben zu lassen.«

Cotton setzte am Schlagzeug einen treibenden, gleichmäßigen Rhythmus in Gang, und Kaira stürzte sich in den nächsten Song.

Angry Young Man, with your!
Angry Young Heart, and your!
Angry Young Eyes, and your!

Zorniger Junger Typ, mit deinem!
Zornigen Jungen Herzen, und deinen!
Zornigen Jungen Augen, und deinem!

Die Basspauke markierte jede Zeile.

Angry young mouth, [BANG!] spewing
Twisted cruel words, [BANG!] 'bout the ...
People you know, [BANG!] and the!
Money you make, [BANG!] and the!
Women you hurt, [BANG!] with your
Hateful love.

Zornigen jungen Mund, [BÄNG!] voller
Verbogener grausamer Worte, [BÄNG!] über die ...
Leute, die du kennst, [BÄNG!] und das!
Geld, das du machst, [BÄNG!] und die!
Frauen, die du verletzt, [BÄNG!] mit deiner!
Hassverseuchten Liebe.

Deo kannte das Lied, hatte es aber nie mit solchem Feuer gesungen gehört. Jetzt, wo er Kaira das Lied singen hörte und die Leidenschaft in ihren Augen sah, da hätte er fast losgeheult. Das Lied hätte über ihn sein können, wie er vor ein paar Jahren war, bevor er nach Camp Green Lake kam. Obwohl es nicht wirklich Camp Green Lake war, das ihn von seinem Zorn befreit hatte. Es war eher, dass er nach Hause kam und Ginny dort traf.

You'll be a
Sorry old man, with a!
Sorry old heart, and two!
Sorry old eyes, with your!
Sorry old rage, in your
Sorry old cage …

Dann bist du ein
Trauriger alter Mann, mit einem!
Traurigen alten Herzen und zwei!
Traurigen alten Augen, mit deiner!
Traurigen alten Wut in deinem
Traurigen alten Haus …

Danach kam *Imperfection*, und er musste an Tatiana denken. Er hatte sie ganz vergessen. Er war froh, dass er mit Ginny hier war, und das nicht nur, weil er jetzt hier auf der Bühne saß. Ginnys Gesicht zu sehen, während sie Kaira anstaunte, machte ihn froh.

Kaira fing mit *Damsel in Distress* an, und Deo fasste nach Ginnys Arm und sagte ihr, sie solle auf den Text achten, aber sie konnte ihn nicht hören. Die Musik war zu laut und das Publikum tobte, und die Hintergrundsängerinnen sangen wild dazwischen.

... these jewels, these shoes, this dress
A perfect picture of success.
No one would ever guess, Deo,
A damsel in distress.

... der Schmuck, die Schuhe, dieses Kleid
Der größte Erfolg dieser Zeit.
Nie kämst du drauf, Deo,
Ich bin ein Mädchen in Not.

»Hast du das gehört?«, fragte er Ginny.

Sie wusste nicht, wovon er sprach.

Natürlich nicht. Er wusste es. Das war ihm klar. Natürlich hatte er sich verhört. Schließlich, am Ende des Lieds, wurde alles langsamer. Die Musik wurde ganz zahm, die Hintergrundsängerinnen setzten aus, und sogar das Publikum beruhigte sich. Kaira wurde von einem einzigen Scheinwerfer angestrahlt und wirkte ganz allein und verletzlich, als sie die letzten Worte halb sang und halb flüsterte.

Save me, Deo.
A damsel in distress.

Rette mich, Deo.
Ich bin ein Mädchen in Not.

So hörte es sich zumindest für ihn an.

»Und?«, fragte er Ginny, als sie beide aufstanden und klatschten.

»Ich mag das Lied«, sagte Ginny.

Kaira ließ das schnelle *Frying Pan* folgen, bei dem die Worte wie Revolverkugeln aus ihrem Mund schossen.

An overworked, underloved housewife named Myra
Has dinner in the skillet, and a load in the dryer.
When a magazine salesman comes to inquire
If she would like to be a magazine buyer,
One look in his eyes, and she's filled with desire.
She buys a subscription to Time, *and one to* Esquire.
»Is there anything else, ma'am, that you require?«
She says, »Take me out of the frying pan …
And into the fire!«

Myra ist Hausfrau, hat viel Arbeit, Liebe gibt's keine,
Hat ihr Essen in der Pfanne, die Wäsche auf der Leine,
Als ein Zeitschriftenverkäufer klingelt und sagt,
Er hätte was in Hochglanz, und zwar leicht gewagt.
Ein Blick in seine Augen weckt Liebe und Lust,
Sie kauft gleich zwei Abos gegen den Frust.
»Gibt's sonst noch was, Ma'am? – ist alles nicht teuer.«
Sie sagt: »Hol mich aus meiner Bratpfanne …
Und wirf mich ins Feuer!«

Deo staunte, dass Kaira die Worte so schnell herausbrachte. Es kamen noch drei Strophen, und sie wurden immer schneller.

»Wow!«, rief Kaira, als der Song vorbei war, und das Publikum klatschte und lachte.

»Irre«, sagte Kaira. »Fast alle Lieder handeln von Sex.«

Die Leute johlten und applaudierten immer weiter.

»Kaum zu glauben, dass ich noch Jungfrau bin.«

Die Leute unten vor der Bühne schienen fast auszuflippen, und der Gitarrist machte ein Geräusch, als risse ihm eine Saite.

Das Konzert war bis ins Letzte geplant, alle Sätze und Gags einstudiert, aber so was hatte Kaira noch nie gesagt. Es war ihr einfach so herausgerutscht. Endlich einmal hatte sie richtig Spaß. Sie drehte sich zu Ginny und ihrem Freund hin und winkte ihnen zu. Ginny winkte zurück, aber ihr Freund schien ziemlich perplex, wie ein Reh, das plötzlich vom Scheinwerferlicht eines Autos geblendet wird.

Die Band begann mit dem nächsten Song.

I'm gonna take you for a ride,
And we're gonna have some fun!
I'm gonna take …

Komm, ich nehm dich ein Stück mit,
Und das wird ein Riesenspaß!
Komm, ich nehm …

Deo und Ginny sahen einander an und standen auf. Das war jetzt ihr Lied. Sie blieben stehen, bis es zu Ende war.

»Huuhuu!«, rief Deo. Ginny lachte ihn an.

Er hielt ihre Hand, und sie drehte sich im Kreis.

I ain't never been accused of goin' too slow,
So hang on, baby, and don't let go!

Oh, I got no rear view mirror,
And none on either side.
Got no rear view mirror,
And none on either side.
Ain't no lookin' back, babe,
When I take you for a ride!

Ich hab noch nie gehört, dass ich zu langsam fahr,
Also festhalten, Baby, lass bloß nicht los!

Oh, ich hab keinen Rückspiegel,
Kann auch links und rechts nichts sehen.
Ich habe keinen Rückspiegel,
Kann auch links und rechts nichts sehen.
Da wird nicht zurückgeguckt, Baby,
Wenn wir unsere Runde drehen.

Als das Lied vorbei war, sagte Kaira, dass sie allen gern ein paar Freunde vorstellen würde.

Zu Deos Entsetzen zeigte sie auf ihn und Ginny. Es fiel ihm schon schwer genug, vorne vor der Klasse zu stehen und etwas zu sagen.

»Ihr geht besser raus«, sagte Terry, der das Soundboard bediente, »sonst wird's nur noch schlimmer.«

»Hier sind meine Freunde, Ginny und …«

Deo dachte, sie hätte seinen Namen wieder vergessen, aber er fiel ihr in letzter Sekunde noch ein.

»… Theodore. Fast hätten sie heute Abend das Konzert verpasst, weil ihnen irgendein mieser Schwarzmarkthändler gefälschte Karten verkauft hat.«

Alles buhte.

»Aber wie alle sehen können, habt ihr beide am Ende doch noch zwei ziemlich gute Plätze abgekriegt, stimmt's?«

Sie hielt Ginny das Mikro hin.

»Ja«, sagte Ginny und zuckte zusammen, entweder weil ihre eigene Stimme plötzlich so laut über die Verstärkeranlage schallte oder weil sie solchen Applaus bekam.

»Wie gefällt es euch bisher?«, fragte Kaira.

»Es ist unbeschreiblich!«, sagte Ginny, und alles jubelte zustimmend.

»Und dir?«, fragte Kaira und hielt jetzt auch Deo das Mikro hin.

Er wusste nicht, was er sagen sollte. »Unbeschreiblich«, wiederholte er.

Diesmal jubelte keiner.

»Ich find's auch unbeschreiblich«, sagte Kaira. »Ich glaube, es ist verdammt nochmal das beste Konzert, das ich je gegeben habe!«

Cotton ließ ein paar zustimmende Trommelschläge hören.

»Ginny, sag mir, was ist dein Lieblingslied?«

Ginny musste nicht lange überlegen. »*Red Alert!*«

»Ihr habt's gehört, Leute!«

Die Sologitarre heulte wie eine Sirene, und die ganze Arena tanzte zu Kairas größtem Hit.

I hear a w-w-warning sound
Every time you c-c-come around.

Ich hör ein W-W-Warnsignal,
Wenn du kommst, j-j-jedes Mal.

Sie tanzte um Deo und Ginny herum, während sie sang, und sah dabei immer Deo an, als wäre er die Person aus dem Lied.

Should you ch-chance to glance at me,
Threatens my security.

N-N-Nimmst du mich nur einmal wahr,
Bin ich auch schon in Gefahr.

Er wusste nicht, wie er sich verhalten sollte.

Ginny stimmte immer bei *Red Alert* in den Song ein, genau wie die Hintergrundsängerinnen. Das konnte er von ihren Lippen ablesen.

Heart's a-th-thumpin'!
Red Alert!
N-n-nerves a-j-j-jumpin'!
Red Alert!
All I hear is a s-s-siren sound.

Mein Herz hör ich dr-dröhnen!
Alarm! Alarm!
Die Nerven, die st-st-stöhnen!
Alarm! Alarm!
In meinem Kopf schreit 'ne S-S-Sirene.

Endlich gelang es Deo, zurück in den sicheren Schutz des Soundboards zu fliehen. Ginny nahm er mit.

All systems are sh-shutting …
D-d-d-down!

Das haut mir v-voll in die …
System-me-me!

Kaira rief: »Danke, ich danke euch allen! Ich liebe euch!«, und dann verließ sie mit der Band die Bühne.

»Zugabe, Zugabe«, schrie die Menge, und Ginny und Deo schrien mit. Die Lichter blieben dunkel.

Nach fast fünf Minuten kamen sie noch einmal heraus und spielten *Just Hold On A Little Longer*. Nach der letzten Zeile: *»… und dann komme ich zu dir«*, blies Kaira einen Kuss ins Publikum und verließ die Bühne wieder.

Die Leute hörten nicht auf zu klatschen, aber jetzt gingen die Lichter an.

»Super Show, Kaira«, sagte Duncan.

Kaira staunte. So etwas hatte er noch nie gesagt. Auch sonst keiner von der Band. Aber heute war etwas Besonderes passiert, sie alle spürten es.

»Was sagt ihr, sollen wir da raus und noch einen nachschlagen?«, sagte Tim B.

»Hört sich gut an«, sagte Cotton.

Normalerweise hätte die Band jetzt Feierabend. Es war ein Job für sie, nicht mehr. Sie spielten die eine geplante Zugabe, und das war es.

»Wir haben aber schon alles gespielt, was wir können«, sagte Duncan.

»Dann spielen wir eben was, was wir nicht können«, sagte Billy Goat.

Kaira lachte.

»Klingt gut«, sagte Cotton. »Hast du 'ne Idee, Kaira?«

»Wollt ihr es mit *Piece o' My Heart* probieren?«, schlug sie vor. Sie hatte sich die Janis-Joplin-CD angehört, und das war ihr Lieblingslied.

»Na dann los!«, sagte Tim B.

Das Publikum war kaum zu bremsen, als sie wieder auf die Bühne kamen.

»Wir haben alles gespielt, was wir können«, erklärte Kaira der johlenden Menge. »Also kommt jetzt was, was wir noch nie gespielt haben!«

Schlechter war das Lied vielleicht noch nie gesungen worden. Kaira dachte, sie würde den Text kennen, sprang aber zwischen den verschiedenen Teilen des Liedes hin und her, wiederholte, was sie schon gesungen hatte, und die Band hatte Mühe, mit ihr Schritt zu halten.

Aber das störte niemanden. Es war ein Riesenspaß. So sollte Rock 'n' Roll sein.

Sogar die supersüßen, aufgetakelten Hintergrundsängerinnen, von denen zwei schon wieder in ihren Jeans steckten, kamen zurück auf die Bühne und sangen, was die Lungen hergaben.

TAKE IT!
Take another little piece
of my heart, now baby …

NIMM'S DIR!
Nimm dir noch ein Stück
Von mei'm Herzen, Baby …

Die Band versuchte, ein großes Finish zu improvisieren, aber am Ende versiegte der Song einfach nur.

»Gott, war das schrecklich!«, sagte Kaira unter dem donnernden Applaus des Publikums, und dann verließen sie die Bühne.

17.

Eine ganze Armee von Arbeitern räumte die Bühne ab, zog Kabel heraus und trug die Instrumente und Teile der Ausrüstung davon. Deo und Ginny wussten nicht, was sie tun sollten. Als sie aufstanden, zog man ihnen ihre Stühle weg. Die Souvenirbecher behielten sie in der Hand. Es gab keinen anderen Weg nach draußen als durch den Backstagebereich, und außerdem mussten sie sich noch ihre T-Shirts wiederholen.

Hand in Hand traten sie hinter den Vorhang.

Hinter der Bühne war es nicht mehr so voll wie vorher, aber es liefen immer noch viele Leute hin und her. Jemand rief: »Vorsicht, Platz da!«, als ein Wagen voller elektronischer Ausrüstung an ihnen vorbei zu einem Ladedock geschoben wurde.

»Ginny!«

Das war David, der rothaarige Mann mit der Weste und ohne Hemd. »Kaira sucht dich. Hier lang, komm mit.«

Deo ging mit, und David schien nichts dagegen zu haben. Er führte sie durch einen sehr engen Gang. Als sie um die nächste Ecke kamen, sahen und hörten sie Kaira mit einem großen, athletisch aussehenden Schwarzen streiten, während ihr Leibwächter unbeteiligt daneben stand.

»... *vielleicht* war es dein bestes Konzert«, sagte

der Mann. »Aber weißt du, was die Kritiker schreiben werden? ›Sie ist nicht Janis Joplin.‹ Alles, worüber sie schreiben werden, ist, dass du ihren Klassiker verhunzt hast!«

»Es war ein Riesenspaß! Rock 'n' Roll sollte spontan sein!«

»Wo hast du das denn her?«

»Von Cotton.«

»Cotton«, wiederholte der Mann. Er warf einen Blick zu Ginny und Deo hinüber. »Hier ist kein Zutritt«, sagte er.

»Das sind meine Freunde!«, sagte Kaira. »Ich habe sie eingeladen.«

Der Mann verzog das Gesicht, drehte sich weg und ging davon.

»Entschuldigt«, sagte Kaira. »Wie ist es, wollt ihr ein Eis?«

»Ja«, sagte Ginny.

»Äh, was für eins?«, fragte Deo, ohne zu wissen, warum er das gefragt hatte. Manchmal schienen ihm Worte ganz von selbst aus dem Mund zu kommen.

»Ich sehe mal nach«, sagte Kaira. Sie öffnete die Tür zu ihrer Garderobe und ging hinein.

Deo und Ginny blieben draußen auf dem Flur stehen.

»Kommt doch rein«, rief Kaira, und es klang fast so, als fände sie ihr Verhalten komisch.

Ginny ging hinein, Deo folgte ihr.

Kairas Leibwächter wollte ihnen schon nachkommen, aber Kaira sagte, er solle draußen bleiben.

Deo war überrascht, wie klein der Raum war. Nicht viel größer als eine Abstellkammer. Eine kleine Couch war zwischen zwei Wände geklemmt, und gegenüber davon stand ein Minikühlschrank.

Kaira öffnete den kleinen Kühlschrank und das noch winzigere Gefrierfach, in das gerade mal eine große Packung Eis passte. »Es ist Chocolate Chip«, sagte sie zu Deo. »Ist das okay?«

»Sicher. Toll«, sagte Deo und wünschte, er hätte gar nicht erst gefragt.

»Ich kann David sagen, er soll dir was anderes holen.«

»Chocolate Chip ist mein Lieblingseis!«, sagte Deo, um das Thema zu beenden. Er kam sich vor wie ein kleines Kind.

Kaira füllte das Eis in Plastikschüsseln und gab sie ihnen. »Setzt euch doch.«

»Du solltest die Couch haben«, sagte Deo. »Du bist der Star.«

»Ach, halt den Mund«, sagte Kaira.

Ginny lachte. »Sie hat gesagt, du sollst den Mund halten.«

»Ich weiß. Ich hab's gehört.«

Deo setzte sich neben Ginny auf die Couch. Kaira ließ sich einfach auf dem Boden nieder und aß ihr Eis direkt aus der Packung.

»Nach einem Konzert habe ich immer Hunger«, sagte sie. »Vorher bin ich zu nervös, um was zu essen.«

»Du hast aber nicht nervös gewirkt«, sagte Deo, »sondern echt cool.«

Kaira lachte. »Cool? Guck mich mal an. Ich bin völlig verschwitzt. Eklig!«

Wenn Deo sie besser gekannt hätte, hätte er vielleicht gesagt: *Das nennst du verschwitzt? Du weißt ja nicht mal, was Schweiß ist!* Aber er traute sich nicht, so was zu jemandem wie Kaira DeLeon zu sagen.

»Warum hat dich der M-Mann angeschrien?«, fragte Ginny.

»Der? Das ist El … mein Manager«, sagte Kaira. »Er hat mich angepisst wegen dem letzten Lied – oh, entschuldige, Ginny.«

»Ist schon in Ordnung«, sagte Ginny. »In der Sch-Schule reden sie auch immer so.«

»Mir hat das letzte Lied gut gefallen!«, sagte Deo.

»Na ja, ich weiß nicht recht«, sagte Kaira.

»Ist es neu?«, fragte Deo.

»Du hast es noch nie gehört?«

»Nein.«

»Du hast noch nie was von Janis Joplin gehört?«

Deo traute sich nicht, es zuzugeben. »Vielleicht doch«, sagte er.

»Wenn du sie schon mal gehört hättest, wüsstest du es. Sie ist meine absolute Lieblingssängerin. Sie wurde hier in Texas geboren, wisst ihr.«

»Hast du sie mal getroffen?«, fragte Ginny.

»Wir alle werden Janis eines Tages treffen«, sagte Kaira, »aber nicht in Texas.« Sie wandte sich wieder Deo zu. »Hast du mal von den Beatles gehört?«

»Ach, halt den Mund«, sagte er.

Ginny starrte Deo an, aber Kaira lachte nur.

»In welcher Klasse bist du, Ginny?«, fragte Kaira.

»In der v-vierten. Ich war in der vierten, und jetzt komme ich in die f-fünfte.«

»Toll«, sagte Kaira. »Und was ist mit dir? Gehst du auch noch zur Schule?«

»Ich bin so eine Art Senior in der High-School.«

»Ah, ja? Und was für eine Art Senior?«

»Er hat ein Jahr verpasst«, erklärte Ginny. »Er w-war in Camp Green Lake.«

»Musste das sein?«, sagte Deo.

»Was ist das, Camp Green Lake?«

»Nichts«, sagte Deo.

»Es ist eine Jugendbesserungsanstalt«, sagte Ginny und sprach das lange Wort sehr sorgfältig aus.

»Du meinst, so 'ne Art Gefängnis?«, fragte Kaira.

»Das ist eine lange Geschichte«, sagte Deo. »Vor vier Jahren wurde ich in eine Schlägerei verwickelt, und die geriet etwas außer Kontrolle. Deshalb haben sie mich für ein Jahr zum Arbeiten in ein Camp geschickt. Ich gehe in die Sommerschule, um den Stoff wieder aufzuholen.«

Er fragte sich, ob Kaira es jetzt bedauerte, dass sie ihren Leibwächter rausgeschmissen hatte.

»Darf ich ihr deinen Spitznamen verraten?«, fragte Ginny.

»Nein.«

Kaira lächelte. »Was ist sein Spitzname?«

»Sag's nicht, Ginny.«

»Bitte!«, drängte Kaira.

»Lieber nicht«, warnte sie Deo.

»Komm mal her, Ginny«, sagte Kaira. »Ich will dir ein Geheimnis verraten.«

Ginny rutschte von der Couch, und Kaira flüsterte ihr etwas ins Ohr. Dann flüsterte Ginny Kaira etwas ins Ohr. Die beiden sahen Deo an. Dann flüsterte Kaira wieder etwas in Ginnys Ohr und Ginny in Kairas.

Deo gefiel das gar nicht. Er mochte es nicht, wie Kaira und Ginny sich verschwörerisch zulächelten, als Ginny wieder zu ihm auf die Couch kam.

»Du hast es ihr verraten, oder?«

Ginny schüttelte den Kopf.

»Nein, hat sie nicht«, sagte Kaira. Sie zwinkerte Ginny zu. Ginny schloss beide Augen und öffnete sie wieder.

Es klopfte an der Tür.

»Lasst mich in Ruhe!«, rief Kaira.

Die Tür ging trotzdem auf, und ein glatzköpfiger Schwarzer kam herein. Deo erkannte den Schlagzeuger.

»Oh, ich wusste nicht, dass du es bist«, sagte Kaira entschuldigend. »Das hier sind meine Freunde Ginny und Theodore. Das ist Cotton, unser Schlagzeuger.«

»Nicht mehr«, sagte Cotton. »Dein Dad hat mich gerade gefeuert. Ich wollte mich nur schnell verabschieden.«

»Aber das kann er doch nicht machen!«

»Er kann es, und er hat's getan.«

»Aber das mit dem Lied war doch meine Idee!«, sagte Kaira.

»He, mach dir keine Sorgen. Ich nehm's locker. Das hier ist wirklich nicht die Musik, die ich in meinem Alter machen sollte. Ich muss mir was Ernsthaftes suchen.«

»Er ist nicht mein Dad«, sagte Kaira. »Nur, weil er meine Mutter geheiratet ... Sobald ich achtzehn bin, fliegt er raus! Dann rufe ich dich an.«

»Tu das!«, sagte Cotton. »War schön, dich kennen zu lernen.« Er verabschiedete sich von Ginny und Deo, ohne sie anzusehen, und verließ die Garderobe wieder.

»So ein Mist«, sagte Kaira.

»Es tut mir Leid«, sagte Ginny.

»Mir auch«, sagte Kaira. Einen Moment lang saß sie schweigend da.

»Vielleicht sollten wir jetzt gehen«, sagte Deo zu Ginny.

»Wisst ihr, was ich den ganzen Tag mache?«, fragte Kaira. »Ich gucke Fernsehen und spiele Videospiele. Den ganzen Tag.«

Deo fand, dass das gar nicht so schlecht klang.

»Ich habe keine Freunde. Und dann finde ich *endlich* einen, mit dem ich reden kann. Einen, den ich mag. Und den muss El Genius natürlich gleich rausschmeißen. Ich schwöre, er hat ihn deswegen gefeuert, nicht wegen dem Lied. Sondern weil ich ihn mochte.«

Deo verstand nur die Hälfte von dem, was sie da sagte. »Wir sollten jetzt wirklich gehen«, sagte er. »Ginnys Mom macht sich sonst Sorgen.«

Kaira drehte sich zu Ginny. »Magst du deine Mom?«, fragte sie.

»Ja.«

»Da hast du Glück«, sagte Kaira. »Und du?«, fragte sie Deo.

»Ja, ich mag Ginnys Mom«, sagte Deo.

Kaira lachte. »Du bist witzig. Mann, ihr seid beide cool. Es ist toll, dass ihr so gute Freunde sein könnt, wo ihr doch, na, ihr wisst schon, so verschieden seid. Ich meine, unterschiedlich alt.«

»Und erst die Hautfarbe«, sagte Ginny.

Kaira beugte sich zu Ginny und stupste mit der Nase gegen ihre. »Na, *guck mal.*«

»Guck mal!«, wiederholte Ginny sofort.

Wieder klopfte es an der Tür, und diesmal war es David, der ihre T-Shirts brachte, gewaschen, getrocknet und ordentlich zusammengelegt.

Es war nicht leicht, sich diesen großen rotbärtigen Mann vorzustellen, wie er ihre T-Shirts wusch.

Kaira umarmte Ginny zum Abschied. Deo hätte das

auch gern getan, aber er zuckte nur mit den Achseln und sagte: »Also bis dann.«

»Bis dann«, sagte Kaira.

»Was habt ihr beiden euch denn zugeflüstert?«, fragte Deo, als sie wieder im Auto saßen.

»Das ist ein Geheimnis«, sagte Ginny.

»Du willst es mir nicht verraten?«

»Nein.«

»Du willst es mir wirklich nicht verraten?«

»Nein.«

»Obwohl ich dich mit ins Konzert genommen habe, willst du es mir nicht sagen? Da bin ich echt sauer.«

»Bist du wirklich sauer?«, fragte Ginny.

»Nein.«

»Dacht ich mir schon.«

»Du hast ihr meinen Spitznamen nicht gesagt, oder?«

»Ich habe ihr n-nur einen T-Tipp gegeben.«

»Einen Tipp? Was für einen Tipp?«

»Dass es w-was mit deinem K-Körper zu tun hat.«

»Das ist ja noch schlimmer!« Sie könnte sonst was denken. »Na ja, macht nichts«, sagte er. »Ich sehe sie sowieso nie wieder.«

»Doch, bestimmt«, sagte Ginny.

»Ach, wirklich?«

»Vielleicht.«

18.

»Ist dir klar, dass es schon nach Mitternacht ist?«

»Konzerte dauern so lange.«

»Dann hättet ihr früher gehen müssen.«

»Mitten im Konzert?«

»Ja! Du warst für Ginny verantwortlich, auch ihrer Mutter gegenüber. Du ahnst ja nicht, was für Sorgen sie sich gemacht hat! Sie wollte schon die Polizei anrufen!«

Das stimmte nicht. Deo wusste es. Er kam gerade von Ginnys Mutter, die sich freute, dass es Ginny so gut gefallen hatte.

»Besser als alles in meinem Leben!«, hatte Ginny gesagt.

Sie hatten ihr erzählt, dass sie mit Kaira DeLeon Eis gegessen hatten – das mit den gefälschten Karten hatten sie verschwiegen. Ginny sei ein wenig aufgeregt gewesen, hatten sie gesagt, und hätte einen leichten Anfall erlitten, und im Sanitätsraum hätten sie Kaira DeLeon kennen gelernt und so weiter …

Seinen Eltern erzählte Deo nichts von alldem. Er fühlte sich angegriffen, kaum dass er durch die Tür kam, und so schwieg er.

Sonntags musste er nicht arbeiten und hätte lange schlafen können, aber kurz nach neun schaltete jemand das Licht in seinem Zimmer an. Er legte eine Hand schützend vor die Augen und erkannte X-Ray, der ihn angrinste.

»Was willst du hier?« Seine Stimme war vom Konzert noch ein bisschen heiser.

»Deine Mom hat mich hereingelassen. Sie meint, es geschieht dir ganz recht, wenn du so spät erst zurückkommst.«

In Camp Green Lake hatten sie jeden Morgen um halb fünf aufstehen müssen. X-Ray hatte immer gesagt, wenn er erst wieder frei wäre, würde er jeden Tag bis mittags schlafen, aber seine innere Uhr war dauerhaft verstellt. Die Entlassung lag jetzt zwei Jahre zurück, aber er schaffte es immer noch nicht, länger als bis halb sieben im Bett zu bleiben.

»Dann wart ihr also im Konzert?«, sagte X-Ray. »Wenn ihr so spät zurückgekommen seid?«

Der letzte Schlaf wich langsam aus Deos Kopf, und die Erinnerung an den letzten Abend kam zurück. »Ich bring dich um«, zischte er X-Ray an.

»Vielleicht waren eure Plätze nicht so gut, aber wenigstens wart ihr da, stimmt's? Dann ist doch alles im grünen Bereich, oder?«

Deo setzte sich auf und schwang die Beine aus dem Bett. »Als Erstes ziehe ich mir jetzt meine Hose an, und dann bringe ich dich um.«

Die Hose, die er zum Konzert getragen hatte, lag auf dem Boden. »Bein Nummer eins«, sagte er und schlüpfte in die Hose.

»Warte, jetzt warte doch eine Sekunde. Ich hab hier was, das wird deine Wut etwas abkühlen.« X-Ray griff in die Tasche und zog ein Geldbündel hervor. »Zweihundertachtundneunzig Dollar!«

»Ich hab meine Hose an«, sagte Deo, bewegte sich langsam auf X-Ray zu und drängte ihn an die Wand.

»Hör zu, ich musste eine Geschäftsentscheidung treffen«, sagte X-Ray. »Du warst nicht da, also musste ich tun, was ich für richtig hielt.«

Deo packte ihn beim Kragen. »Was du für richtig *hieltst*? Du dachtest, das wäre *das Richtige*?«

»Hör zu, was sollte ich denn machen? Du hast immer wieder angerufen und deine Meinung geändert. Verkauf die Karten. Nein, verkauf sie nicht, ich gehe mit Tatiana. Nein, ich gehe nicht mit ihr, verkauf sie. Nein, verkauf sie nicht, ich gehe mit Ginny.«

»Und das Letzte, was ich gesagt habe«, sagte Deo, und er schüttelte X-Ray bei jedem Wort. »Das Letzte war: *Ver-kauf-die-Kar-ten … NICHT!*«

»Das habe ich auch so verstanden«, sagte X-Ray. »Aber ich hatte mich schon mit diesem Typen am H. E. B. verabredet. Und dann musste ich ja wohl auch gehen, das war doch wohl das Mindeste, oder? Ich konnte ihn doch nicht einfach hängen lassen. Also fahre ich hin, warte auf dem Parkplatz und überlege, ob es nicht irgendeinen Weg gibt, dass du mit Ginny zum Konzert kannst und ich trotzdem die Karten verkaufe. Und da steht plötzlich direkt vor meiner Nase dieses große Schild: ›Alles lässt sich kopieren!‹. Ich sage dir, das war wie ein Zeichen Gottes! Ich meine, wie oft schon war ich im H. E. B., und nie ist mir aufgefallen, dass es daneben einen ›Copy King‹ gibt. Wusstest du das?«

»Gott muss ihn gerade für dich da aufgemacht haben«, sagte Deo.

»Ich gehe also rein, aber nur, um mich mal umzusehen. Einfach, um überhaupt mal zu sehen, was denn so *möglich* ist, wenn du verstehst, was ich meine. Es gibt da alle Arten Papier, und ich halte eine Karte dagegen, vergleiche, weißt du – um die richtige Dicke zu finden. Und dann habe ich eben ein paar Kopien gemacht. Nur um rauszufinden, wie sie aussehen würden, ich schwör dir, so war's! Ich hatte nichts damit vor.

Dann gehe ich wieder raus, und der Typ taucht auf, und ich sage ihm, dass die Karten leider nicht mehr zu haben sind. Wirklich. Das habe ich ihm so gesagt. Er war völlig verzweifelt und bot mir zweihundertfünfzig pro Karte. Tut mir Leid, sag ich ihm, hab sie einem Freund versprochen. Dreihundert? Ich meine, was soll ich da machen? Wir reden von immerhin sechshundert Dollar!«

Deo starrte ihn wütend an.

»Du warst nicht da, und ich musste die Sache allein entscheiden. Hör zu, und dann dachte ich mir auch, wenn schon Leute auf den Plätzen sitzen, würde dir sicher was einfallen.«

»Wir waren zuerst auf den Plätzen«, sagte Deo.

»Das kann nicht sein! Ich habe doch extra so lange gewartet, bis ich hergekommen bin.«

»Du kommst also einfach so her, gibst mir die Karten und warnst mich nicht mal.«

»Doch, ich habe dich gewarnt. Ich habe dir gesagt, du sollst geschmeidig bleiben.«

»Oh, geschmeidig war ich. Beide Arme haben sie mir auf den Rücken gedreht!«

»Ich hatte Angst, du würdest es sonst versauen«, sagte X-Ray. »Du bist kein guter Lügner. Du wirkst gleich irre schuldbewusst und nervös, und ich hatte Angst, ihr kämt gar nicht erst am Kartenabreißer vorbei. Aber ohne was zu wissen, würdet ihr einfach so da reinschweben. Ich wollte Ginny nicht enttäuschen.«

Deo packte ihn am Nacken und hob ihn vom Boden hoch.

In dem Moment öffnete sich die Tür seines Zimmers, er ließ X-Ray los, und seine Mutter kam herein.

»Da ist jemand für dich am Telefon.«

»Äh, danke.« Er nahm das Telefon, und sie ging hinaus. Er hoffte, dass sie das Geld auf dem Bett nicht gesehen hatte.

»Hallo?«

»Hi. Ich hoffe, ich ruf nicht zu früh an.«

»Äh, nein. Ich bin gerade aufgestanden.«

»Wir fahren erst um eins weiter nach Dallas. Sollen wir uns treffen und zusammen frühstücken oder irgendwas anderes machen?«

»Klar, das wäre toll.«

»Cool! Ich wohne im Hotel Four Seasons. Das liegt gleich beim Fluss oder See oder was das hier ist. Wenn du willst, kann ich nach der Adresse gucken.«

»Nein, ich weiß, wo es ist«, sagte Deo. Er hatte es schon mal vom Bus aus gesehen.

»Oh, und wenn du kommst, frag nicht nach Kaira De-Leon, sondern nach Samantha Stevens.«

»Ist das dein richtiger Name?«

»Ja, ich bin 'ne Hexe.« Sie lachte. »Nein, aber in Hotels wohne ich immer unter falschem Namen. Hast du mal die alte Serie ›Verliebt in eine Hexe‹ gesehen?«

»Ist das die mit dem Flaschengeist?«

»Nein, du Experte, die mit der Hexe! Heißt ja schließlich auch nicht ›Verliebt in einen Flaschengeist‹! Und die Hexe hieß Samantha Stevens.«

Deo sagte ihr, er sei in einer Dreiviertelstunde da. Er musste erst duschen.

Er legte auf, ging zum Bett und nahm das Geld. »Zweihundertachtundneunzig Dollar?«

»Die Kopien haben vier Dollar gekostet. Ich dachte, das teilen wir uns.«

Deo starrte ihn an.

»Okay, okay«, sagte X-Ray und legte noch zwei Dollar drauf. »Wer war das?«

»Kaira DeLeon. Kannst du mich zum Four Seasons bringen? Ich bin mit ihr zum Frühstück verabredet.«

19.

X-Rays Auto parkte wieder einmal gegen die Fahrtrichtung. Er öffnete die Beifahrertür, stieg ein und rutschte auf die Fahrerseite. »Also, wohin willst du wirklich?«, fragte er, als sich Deo neben ihn setzte.

»Zum Four Seasons.«

»Klar – weil Kaira DeLeon mit dir frühstücken will.«

»Ja«, sagte Deo.

Mehr erzählte er nicht. Auf die Weise zahlte er ihm das mit den falschen Karten zurück.

Den ganzen Weg über beobachtete ihn X-Ray aus dem Augenwinkel und suchte nach einem Lächeln oder sonst einem Hinweis, aber Deo blieb cool, als wäre alles völlig normal.

Das X-Mobil bog von der Cesar Chavez Avenue in die Hotelauffahrt. Ein Portier öffnete Deo die Tür.

»Entschuldigen Sie«, fragte X-Ray ihn. »Wohnt Kaira DeLeon hier?«

»Nicht dass ich wüsste, Sir.«

»Doch, das wüssten Sie. Sie wohnt nicht hier. Sonst wüssten Sie's.«

Deo dankte X-Ray dafür, dass er ihn gebracht hatte, und ging durch die Drehtür ins Hotel.

Das Innere des Hotels erinnerte Deo an die Bilder von alten griechischen Tempeln, mit Steinsäulen und Marmorboden, die er gesehen hatte. Er hatte keine Ahnung, wohin er gehen sollte. Der Mann hinter der Rezeption wirkte zu furchteinflößend, also fragte er einen der Hotelpagen, der ihn zu einem Telefon brachte.

Deo nahm den Hörer ab und wählte die Null.

»Mit wem darf ich Sie verbinden?«, fragte jemand am anderen Ende.

Er legte wieder auf.

Er hatte den Namen vergessen, den sie ihm gesagt hatte. Er wusste nur noch, dass es die Frau aus »Verliebt in eine Hexe« war, aber an ihren Namen konnte er sich nicht erinnern. Ihr Bild hatte er klar vor Augen, er konnte sogar die kleine Melodie noch hören, die sie spielten, wenn sie ihre Nase kräuselte. Mary? Mindy? Er war sich fast sicher, dass der Name mit einem M anfing.

Eine vierköpfige Familie kam aus einem der Aufzüge und steuerte direkt auf ihn zu. Alle hatten blonde Haare. Der Mann hätte ein Tennisprofi sein können, die Frau sah aus wie ein Model. Die beiden Mädchen waren Zwillinge, vielleicht sieben oder acht Jahre alt.

»Entschuldigung«, sagte Deo. »Haben Sie zufällig mal die Serie ›Verliebt in eine Hexe‹ gesehen?« Die mussten ihn für verrückt halten.

Der Vater stellte sich schützend vor seine Töchter. Er hätte die Familie sicher möglichst schnell an Deo vorbeigescheucht, aber die Mutter blieb stehen.

»Warum?«, fragte sie.

»Erinnern Sie sich an den Namen der Frau, Sie wissen schon, ich meine die Hexe?«

Sie versuchte sich zu erinnern. Alle versuchten sich zu erinnern.

»Elizabeth Montgomery«, sagte der Vater.

»Nee, das ist es nicht«, sagte Deo.

»Ich bin mir aber sicher«, sagte der Vater.

»Halt, Sie meinen wahrscheinlich den Namen der Schauspielerin«, sagte Deo. »Ich meine den Namen der Frau in der Serie. Wie sie in der Geschichte hieß.«

»Oh, ich dachte, Sie wollten den Namen der Schauspielerin«, sagte der Vater und war offensichtlich enttäuscht, dass man ihm nicht den Dank zollte, den er seiner Meinung nach verdient hätte.

»Ich weiß noch, dass ihr Mann Darren hieß«, sagte die Frau.

»Samantha«, sagte eines der Mädchen.

»Genau!«, sagte ihre Mutter. »Darren nannte sie Sam, aber sie hieß Samantha. Sehr gut, Ashley.«

»Erinnerst du dich auch an ihren Nachnamen, Ashley?«, fragte Deo das Mädchen.

»Stevens«, sagte der Vater stolz. »Samantha Stevens.«

»Danke.« Deo nahm den Hörer wieder auf und fragte nach Samantha Stevens.

Die blonde Familie starrte ihn erstaunt an. »Wohnt sie hier im Hotel?«, fragte der Vater.

Fünf Minuten später kam Kaira DeLeon aus dem Aufzug, dicht gefolgt von ihrem Leibwächter Fred. Kaira trug Jeansshorts und ein ärmelloses Top, das ihr knapp bis über den Bauchnabel reichte. Die gelben Zehennägel passten zu ihren Flip-Flops.

»Wie geht's, Knöchel?«, begrüßte sie ihn.

»Hi«, sagte er.

»Ist er das?«, fragte sie. »Ist das dein Spitzname?«

»Nein, ich habe nicht mal richtig verstanden, was du gesagt hast.«

»Oder Ellbogen?«

»Ich werd's dir nicht sagen, selbst wenn du richtig rätst.«

»Du heißt also Ellbogen.«

»Ellbogen ganz sicher nicht.«

Trotz des Wetters trug Fred ein dunkles Sportsakko und darunter ein schwarzes T-Shirt. Er sah echt gestylt aus. Hätte Deo es nicht besser gewusst, hätte er ihn für den Star gehalten, und nicht Kaira.

»Hast du Hunger?«, fragte Kaira.

»Und wie!«, sagte er. Bis er sie gesehen hatte, war er hungrig gewesen. Jetzt war er plötzlich viel zu nervös.

»Das Café hier ist echt gut.«

Sie führte ihn die Treppe hinunter eine Etage tiefer. Das Hotel stand auf einem Hügel, so dass auch das Café hinten noch zu ebener Erde lag. Man konnte draußen auf einer Terrasse sitzen, von der aus man auch den Fluss sah.

»Drei Personen?«, fragte die Frau am Eingang.

»Zwei«, sagte Kaira. »Und wir wollen auch nicht zu nahe bei ihm sitzen.«

Auf dem Weg zu ihrem Tisch kamen sie an der Familie vom Aufzug vorbei. Die vier lächelten Deo zu und winkten, als wären sie alte Freunde. Er winkte zurück.

»Kennst du die?«, fragte Kaira ziemlich überrascht.

»Flüchtig.«

Sie bekamen einen Tisch in der Ecke. Fred saß weit genug weg, dass sie unter sich waren, aber immer noch nahe genug, dass er ihr im Notfall zu Hilfe kommen konnte.

Ein Kellner brachte Kaffee und frisch gepressten Orangensaft. Kaira nahm nur Kaffee, Deo nur Saft.

»Muskel?«, fragte Kaira.

»Ich sag's dir sowieso nicht.«

Sie leerte ein Tütchen Zucker in ihren Kaffee, dann noch eins und noch eins.

»Du magst also viel Zucker im Kaffee?«, sagte er.

Er fühlte sich komisch. Sie auch.

Er war froh, als ihnen eine Kellnerin zwei Speisekarten brachte, weil er sich dann mit etwas beschäftigen konnte. Und als er die Preise sah, war er froh, dass X-Ray ihm die dreihundert Dollar gebracht hatte. Auf der Karte gab es nichts, das weniger als zwanzig Dollar kostete, nicht mal die Cornflakes.

»Fußnagel?«, fragte Kaira.

Er antwortete nicht.

Die Kellnerin kam zurück. Kaira bestellte Pfannkuchen mit Ricotta und Zitrone, und er nahm Corned Beef mit Ei.

»Woher hast du meine Telefonnummer?«, fragte er.

»David hat sie mir besorgt. Von den Sicherheitsleuten.«

»David«, sagte Deo. »Das war doch der mit der Weste?«

»Was?«

»Er trug eine Weste und kein Hemd.«

»Ist mir gar nicht aufgefallen«, sagte Kaira. »Aber jetzt erzähl mal, wie war es in dem Camp? Hart?«

»Hm.«

»Was habt ihr da gemacht?«

»Löcher gegraben.«

»Ist das alles?«

»So ziemlich. Jeden Tag ein neues Loch.«

Kaira nickte, als würde sie das verstehen, aber er wusste, dass sie das gar nicht verstehen konnte.

»Bist du gern eine berühmte Sängerin?«, fragte er sie. Es war eine dumme Frage, und er bereute sofort, dass er sie gestellt hatte.

»Ist ganz okay.«

Eine Weile saßen sie schweigend da. Die Unterhaltung war viel leichter gewesen, als Ginny dabei war.

»Hast du den Ausblick von der Terrasse gesehen?«, fragte sie.

»Nein.«

»Den musst du sehen«, sagte sie, und ihre Stimme wirkte unnatürlich laut. »Der ganze See liegt vor dir.«

»Es ist eigentlich ein Fluss.«

»Egal«, sagte Kaira.

»Unter der nächsten Brücke lebt eine riesige Fledermauskolonie«, erzählte er ihr.

»Fledermäuse?«, sagte Kaira wieder mit ihrer unnormal lauten Stimme. »Komm, die sehen wir uns an.«

»Jetzt kannst du sie nicht sehen«, sagte Deo, aber sie war schon von ihrem Stuhl aufgestanden. »Die kommen nur nachts heraus.«

»Wir sehen nur mal von der Terrasse rüber«, sagte Kaira wieder sehr laut.

Sie sprach mit ihm, aber er hatte den Eindruck, dass alles, was sie sagte, für Fred gedacht war.

Er folgte ihr durch die Glastüren hinaus auf die Terrasse. Ein gepflegter Rasen führte hinunter auf einen Fußweg. Hinter dem Weg fiel der Boden steil zum Wasser hin ab.

»Hübscher Blick«, sagte er.

Kaira stieg aus ihren Flip-Flops. »Wollen wir ›Idioten-Loswerden‹ spielen?«

»Was?«

Sie trat auf den Rasen und rannte unvermittelt zum Fluss hinunter.

Einen Moment lang fürchtete er, dass er der Idiot war, aber dann fiel ihm ein, dass sie ihren Leibwächter so nannte. Er beobachtete, wie sie den betonierten Fußweg überquerte und die Böschung hinunter verschwand.

Er rannte hinter ihr her, aber auf dem steilen Stück hinter dem Weg geriet er ins Stolpern. »Vorsicht!«, rief er Kaira zu, die auf einem Trampelpfad am Wasser stand.

Er versuchte zu bremsen, und sie bekam seinen Arm zu fassen, und zusammen drehten sie sich einmal um die eigene Achse.

Kairas Gesicht schlug gegen seine Schulter.

»Bist du in Ordnung?«

Sie lachte.

»Das war knapp«, sagte Deo.

Kaira lächelte ihn an, während sie die Hand an seinem Arm heruntergleiten ließ und dann seine Hand hielt.

Sie gingen den Trampelpfad entlang und hielten sich immer noch bei der Hand. »Du hast also keine Angst, dass ich dich jetzt umbringe, wo du deinen Leibwächter losgeworden bist?«

»Du?«, fragte Kaira. »Machst du Witze? So 'n Weichei wie du ...«

Deo zeigte zur Brücke hinüber.

»Ich mag keine Fledermäuse«, sagte Kaira. »Die sind mir unheimlich.«

»Hat dein Fred dir schon mal das Leben gerettet?«, fragte er.

»Du redest die ganze Zeit nur von dem Idioten!«

»Ich bin eben neugierig.«

»Meist hält er die Leute davon ab, mir zu nahe zu kommen. Das macht es natürlich schwer, jemanden kennen zu lernen. Ich meine, wer will schon mit einem Mädchen mit Leibwächter ausgehen? Du versuchst, sie zu küssen, und der Typ schießt dir den Kopf weg.«

Drückte sie seine Hand, als sie »küssen« sagte? Wenn ja, war es nur sehr leicht gewesen. Nur ein kleines, leichtes Drücken.

Das riskiere ich, hätte er jetzt sagen und sie küssen sollen. Das wäre wirklich lässig gewesen, aber als er darauf kam, war es längst zu spät. Das Timing hätte nicht mehr gestimmt.

Sie gingen weiter den Fluss entlang.

»Ich bekomme alle möglichen komischen Briefe«, sagte Kaira. »Zum Beispiel schon fünf Heiratsanträge! Einer behauptet, er wäre ein arabischer Prinz und Milliardär.«

»Glaubst du, das stimmt?«

»Warum, willst du ihn heiraten?«, fragte Kaira.

Deo lachte.

»Die sind doch alle nicht ganz normal. Einer von ihnen nennt sich Billy Boy, du weißt schon, wie in dem Lied.« Sie sang ganz leise: *»Oh, wo warst du, Billy Boy, Billy Boy? Oh, wo warst du, süßer Billy?«*

Sie so singen zu hören und dabei ihre Hand zu halten, das war fast zu viel für ihn.

»Will der dich auch heiraten?«, fragte Deo.

»Nein, er will mich umbringen.«

»Wirklich?«

»Ganz im Ernst. Bis jetzt hat er fünf Briefe geschrieben. Er sagt, dass er mir meinen hübschen kleinen Hals umdrehen wird. Den letzten Brief habe ich hier im Hotel gekriegt.«

Deo sah sich unwillkürlich um.

Kaira lachte. »Das Ganze ist echt lächerlich«, sagte sie. »Er schneidet sogar die Buchstaben aus und klebt sie auf.«

»Hast du keine Angst?«

»Du wirst mich beschützen.«

»Ich dachte, ich bin ein Weichei.«

»Erzähl mir von dir«, sagte Kaira. »Was willst du eigentlich mal machen, ich meine, abgesehen davon, dass du einen arabischen Prinzen heiraten willst?«

»Ich habe keine großen Pläne«, sagte Deo. »Ich mache nur kleine Schritte.«

Er erzählte ihr von dem Rat, den ihm die Sozialarbeiterin in Houston gegeben hatte. Dass es wichtig sei, kleine Schritte zu machen und sich immer weiter voranzukämpfen. »Leben ist, wie wenn man einen wilden Fluss durchquert. Machst du einen zu großen Schritt, schmeißt dich die Strömung um und trägt dich fort.«

»Das klingt fast poetisch«, sagte Kaira.

»Ist nicht von mir.«

»Mein Manager sagt, ich muss große Schritte machen. Dass ich mitnehmen muss, was ich zu fassen kriege, weil ich schon in ein paar Jahren wieder völlig out sein kann.«

»Das bezweifle ich«, sagte Deo.

»Ich schreibe gerade ein Lied«, sagte sie und sang schon wieder: »*Britney Spears ist grau und alt, fünfundzwanzig wird sie bald.* Mehr habe ich noch nicht.«

»Schreibst du deine Lieder selbst?«

»Ein paar, zum Beispiel *Angry Young Man* und *Damsel in Distress*.«

Einen kurzen Moment lang wollte er sie nach dem Text von *Damsel in Distress* fragen, überlegte es sich aber anders. Er würde sich nur lächerlich machen.

»Und El Genius – so nennt sich mein Manager: ›El Genius!‹ –, der beauftragt dann ein paar Leute damit, alles fertig zu machen und die Musik zu arrangieren. Der Kerl hat einen Kontrollfimmel. Ich habe schon überlegt, ob er mir die Billy-Boy-Briefe selbst schreibt, damit er mich noch besser überwachen kann. Deswegen ist der Idiot ständig hinter mir her. Er hat auch meine Mutter geheiratet.«

»Der Bodyguard?«

»Nein, mein Manager. Aber ich wette, das hat er nur getan, um mich besser in den Griff zu kriegen, und eine Freundin hat er auch noch. Aber das macht nichts. Sobald ich achtzehn bin, schmeiß ich ihn raus.«

Deo konnte nur staunend den Kopf schütteln. Sie lebte in einer völlig anderen Welt.

»Du hast schöne starke Hände«, sagte Kaira.

»Die sind von der ganzen Buddelei voller Schwielen.«

»Ist das dein Spitzname? Schwiele?«

»Nein.«

»Finger? Bist du der Mittelfinger?«

Deo ließ ihre Hand los. »Ich sag dir was. Wir machen ein Geschäft. Ich verrate dir meinen Spitznamen – aber nur unter einer Bedingung.«

»Welcher?«

»Egal, wie mein Spitzname lautet, du musst die Stelle an mir berühren, die damit zu tun hat.

Kaira machte einen Schritt zurück. »Ich muss dich da anfassen?«

»So ist es.«

Sie musterte ihn eingehend, fing mit den Füßen an und arbeitete sich langsam an ihm hoch. »Ginny hat gesagt, es wär nichts Fieses.«

Deo zuckte mit den Schultern.

»Du bist so gemein.«

»Willst du es nun wissen oder nicht?«

»Okay, sag's mir.«

»Du kennst die Bedingung?«

»Okay.«

Deo wartete einen Moment und sagte dann leise: »Deo.«

Kaira quietschte so laut, dass sich ein paar Spaziergänger nach ihnen umdrehten.

»Unter die Achsel?«, fragte sie. »Oh, du bist so gemein. Aber okay, hoch mit dem Arm.«

Er hob ihn.

Langsam schob sie den Finger in den Ärmel seines T-Shirts, aber er musste plötzlich lachen und zuckte zurück.

»Du bist kitzlig!«

Sie versuchte es noch einmal, aber wieder konnte er nicht stillhalten.

»Lässt du mich jetzt oder nicht? Schließ die Augen.«

Er tat es und wartete. Sie hielt seine Schulter fest. Es war schwer, ruhig stehen zu bleiben.

Schnell stieß sie mit ihrem Finger den Ärmel hinauf und erfüllte ihr Versprechen.

Er öffnete die Augen.

»Iiih, ich bin ganz voll Schweiß«, sagte sie und rieb sich die Finger an ihren Shorts ab.

Er wollte ihr die Geschichte mit dem Skorpion erzählen, aber die interessierte sie nicht. Die eine Hand lag immer noch auf seiner Schulter, und jetzt hob sie auch die andere.

Ganz vorsichtig fasste er sie um die Taille und spürte, wie sie sich auf die Zehenspitzen hob. Er fühlte einen Puls in seinen Fingerspitzen, wusste aber nicht, ob es seiner oder ihrer war. Er beugte sich zu ihr.

»Was soll das?«, rief sie plötzlich und wich zurück.

»Das ist mein Job, Miss DeLeon«, sagte eine Stimme hinter ihm.

20.

»Du hast sie also nicht geküsst?«

»Ich konnte nicht. Ihr Leibwächter stand direkt hinter uns.«

»Ich hätte es trotzdem getan«, sagte Ginny.

»Du hättest sie geküsst?«, stichelte Deo.

Ginny kicherte. »Ich m-meine, wenn ich d-du gewesen wäre. Wenn ich ein J-Junge wäre.«

Deo aß einen Löffel Cheerios. Sie waren bei ihr. Es waren ihre Cheerios.

Er wusste, dass Ginny Recht hatte. Wie oft in deinem Leben bekommst du die Chance, ein Mädchen wie Kaira DeLeon zu küssen? Seit Fred so plötzlich aufgetaucht war, hatte er an nichts anderes mehr denken können.

Fred hatte alles verdorben, aber als sie zu dritt zurück zum Hotel gingen, hatte Deo sich einen Plan zurechtgelegt. Kurz bevor sie sich verabschiedeten, wollte er etwas Lässiges sagen wie: *Ruf mich an, wenn du das nächste Mal in der Stadt bist*, und sie küssen.

Aber so weit kam es nicht. Kairas Manager stand in der Hotelhalle, und sie schrie ihn an, weil er den Schlagzeuger gefeuert hatte, und er erwiderte, Schlagzeuger gebe es dutzendweise. Kaira war den Tränen nahe. Sie erklärte Deo, das alles tue ihr so Leid, und verschwand schmollend im Aufzug.

»Und dir soll ich viele Grüße bestellen.«

»Hat sie das gesagt?«

»Ja. Sie hält dich für ziemlich cool.«

Ginny lächelte. Die Brille rutschte ihr ein Stück die Nase herunter, und sie schob sie zurück an ihren Platz.

»Was ist aus dem E-Essen geworden?«

»Was für Essen?«

»In dem Café, das Frühstück.«

Deo lachte, weil er sich das auch gefragt hatte. Nachdem Kaira im Aufzug verschwunden war, war er noch mal nach unten gegangen, um nachzusehen.

»Sie hatten es weggeworfen.«

»Schade«, sagte Ginny.

»Ja, ich hätte die Neunundzwanzig-Dollar-Eier gerne probiert.«

»Musstest du sie bezahlen?«

»Nein, das ging alles auf ihre Zimmerrechnung. Aber sie zahlt auch nicht dafür, das läuft über die Tour. Das ist eine ganz andere Welt. Für die ist es nichts Besonderes, hundert Dollar für ein Frühstück zu bezahlen.«

»Kein Wunder, dass die Karten so teuer sind«, sagte Ginny.

»Da hast du Recht.«

Ein Auto hielt vor der Tür, und eine junge weiße Frau stieg aus. Sie beobachteten sie durchs Fenster, als sie die Treppe hochkam.

»Kennst du die?«, fragte Deo.

»Nein.«

Die Hautfarbe war normalerweise ein sicherer Anhaltspunkt dafür, zu welcher Seite des Hauses ein Besucher wollte, aber diese Frau war eine Ausnahme. Sie sah etwas in einem kleinen Notizbuch nach und klopfte an Deos Tür.

»Vielleicht hat Kaira sie geschickt«, sagte Ginny.

Darauf hoffte er auch. Er ging zur Tür. »Kann ich Ihnen helfen?«

Die Frau drehte sich um. »Ich suche Theodore Johnson.«

»Das bin ich.«

Die Frau überprüfte die Nummer an der Tür.

»Das ist schon richtig. Ich wohne da«, erklärte ihr Deo. »Ich bin nur im Moment hier nebenan.«

»Oh, dann bist du sicher Ginny McDonald.«

»Ja«, sagte Ginny, die neben Deo stand.

Die Frau holte eine schwarze Brieftasche hervor. »Ich bin Detective Debbie Newberg vom Austin Police Department.« Sie öffnete die Brieftasche und zeigte ihnen ihren Dienstausweis. »Ich wollte Ihnen ein paar Fragen zu den Konzertkarten stellen.«

Deo musste sich anstrengen, um die Fassung zu bewahren. »Wollen Sie mit uns beiden sprechen oder nur mit mir?«, fragte er.

»Warst du dabei, als er die Karten gekauft hat?«, fragte sie Ginny.

»Nein.«

»Dann nur mit Ihnen, wenn es Ihnen nichts ausmacht.«

Deo ging nach drüben in seine Haushälfte. Er führte die Frau ins Wohnzimmer und bot ihr etwas zu trinken an, aber sie lehnte ab. Er setzte sich an den Rand der rotblau karierten Couch. Detective Newberg saß ihm gegenüber auf einem Polsterstuhl, hielt die Knie eng zusammen, ihr Notizbuch auf dem Schoß.

Sie kam ihm viel zu jung und hübsch vor für eine Polizistin. Sie hatte helle braune Augen und lockiges schwarzes Haar, fast so wie Kaira. Ihre Wangen waren leicht gerötet, als wäre ihr die Situation unangenehm.

»Wenn ich richtig informiert bin, haben Sie sechshundert Dollar für die Karten bezahlt. Stimmt das?«

Er hasste es, gleich mit einer Lüge anfangen zu müssen, aber es war der Weg des geringsten Widerstands. »Ja, Ma'am.«

»Waren es sechshundert für beide oder sechshundert pro Karte?«

»Für beide«, sagte er. »Dreihundert pro Karte.«

»Das ist viel Geld.«

Plötzlich wurde ihm bewusst, wie alt und abgenutzt die Möbel in ihrem Wohnzimmer waren. Alles in diesem Haus sah schäbig und billig aus.

»Eigentlich hatte ich nicht so viel zahlen wollen«, sagte er. »Erst sollten es hundertfünfunddreißig pro Karte sein, aber dann änderte der Mann immer wieder seine Meinung. Erst waren sie zu verkaufen, dann nicht mehr, dann wieder doch. Dreihundert ist für Kaira-DeLeon-Karten nicht wirklich viel. In Philadelphia hat einer siebenhundertfünfzig bezahlt.«

»Wow«, sagte Detective Newberg.

Er versuchte, ruhiger zu werden. Er stand nicht unter Verdacht, sagte er sich. Er war das Opfer. Die Frau war gekommen, um ihm zu helfen.

»Was meinen Sie damit, dass sie nur hundertfünfunddreißig kosten *sollten*?«

»Da war eine Anzeige in der Zeitung.«

In dem Augenblick, als er das sagte, wusste er, dass er einen Fehler gemacht hatte. Wie leicht würde sie sich die

Zeitung von letzter Woche mit der Anzeige und X-Rays Telefonnummer besorgen können.

»Welche Zeitung war das?«, fragte sie.

»Es war keine richtige Zeitung. Es war eines von diesen Anzeigenblättern, Sie wissen schon, die sie einem in den Briefkasten werfen.«

»Haben Sie es noch?«

»Nein, das ist längst mit dem Altpapier weg.«

»Wissen Sie noch, von wann das Blatt war?«

»Nicht genau. Das ist vielleicht zwei Wochen her. Ich weiß das nicht mehr genau.«

»Und in der Anzeige war der Preis mit hundertfünfunddreißig Dollar angegeben?«

»Nein, da war es noch nicht so viel.«

»Sie haben eben gesagt ...«

»Fünfundneunzig stand da«, sagte Deo mit fester Stimme. »Aber das war vor zwei Wochen. Als ich den Mann angerufen habe, sagte er, der Preis stehe bei hundertfünfunddreißig Dollar, und da habe ich ihm gesagt, das müsste ich mir überlegen. Als ich am Tag des Konzerts wieder anrief, sagte er, die Karten seien nicht mehr zu verkaufen. Aber dann rief er zurück und sagte, ich könne sie doch haben, aber für zweihundert. Am Ende sagte ich zu, aber da waren sie wieder nicht mehr zu verkaufen.«

»Und da haben Sie ihm dreihundert geboten?«

Deo nickte. »Ich war verzweifelt. Es war halb sechs, das Konzert fing um acht an, und ich hatte es Ginny versprochen.«

»Hat er irgendwann mal seinen Namen genannt?«

Deo schüttelte den Kopf.

»In der Anzeige stand er nicht?«

»Nein«, sagte Deo. »Hören Sie, warum ... Ich meine,

wozu das alles? Ginny und ich haben am Ende sogar auf der Bühne gesessen. Alles im grünen Bereich. Ich meine, es ist doch kein Schaden entstanden.«

»Nun, die Bürgermeisterin denkt, der Schaden war sogar ziemlich groß. Sie hat gesehen, wie es Ginny ging und was sie mit Ihnen gemacht haben, und sie will den Mann fassen.«

»Und was passiert dann mit ihm?«, fragte Deo und bemühte sich, dabei nur ein ganz kleines bisschen neugierig zu klingen. »Werden Sie ihn einsperren?«

»Das bezweifle ich. Es geht schließlich nur um sechshundert Dollar.«

Er versuchte, sich seine Erleichterung nicht anmerken zu lassen.

»Es sei denn, er ist vorbestraft«, sagte Detective Newberg.

Deo setzte sich aufrecht hin.

»Ihren ersten Kontakt hatten Sie also per Telefon?«

Deo brauchte einen Moment, um die Frage zu verstehen. »Äh, ja.«

»Ich nehme nicht an, dass Sie sich noch an seine Nummer erinnern?«

»Nein.«

Sie lächelte. Ihre Wangen färbten sich rosa. »Das hätte ich von Ihnen auch nicht gedacht. Und wo haben Sie ihn schließlich getroffen?«

»Beim H. E. B. Auf dem Parkplatz.«

»Wie haben Sie sich erkannt?«

»Ich habe ihn nicht erkannt. Ich hatte ihn noch nie zuvor in meinem Leben gesehen.«

Detective Newberg hob die Brauen. »Wonach ich frage, ist, wie Sie sich auf dem Parkplatz gefunden haben? Woher wussten Sie, dass er der war, der die Karten hatte?«

»Oh.« Deo sah seine Raincreek-Kappe an der Tür hängen. »Ich hatte ihm gesagt, dass ich eine rote Kappe tragen würde.«

Er stand auf und holte die Kappe. Es war ein gutes Gefühl, aufzustehen und ein paar Schritte zu gehen.

Deo zeigte ihr die Kappe, aber sie schien sich nicht für sie zu interessieren. Er setzte sie auf. »Er kam also neben mich gefahren, und wir handelten ein wenig, und ich gab ihm das Geld und er mir die Karten.« Er setzte sich auf die Armlehne der Couch, nahm die Kappe wieder ab und legte sie auf das Kissen neben sich.

»Was für ein Auto fuhr er?«

»Einen weißen Suburban.«

»Und wo standen Sie?«

»Am Bordstein.«

»Vor dem H. E. B.?«

»Nein, etwas weiter. Ich glaube, es war vor dem Copy King.«

Warum sagte er das jetzt? Manchmal sprangen ihm die Worte tatsächlich einfach so aus dem Mund.

»War er allein im Auto?«

»Ja.«

»Er parkte also gegen die Fahrtrichtung.«

»Wieso?«

»Weil er mit dem Fahrerfenster am Bordstein war.«

»Oh ja, richtig«, sagte Deo. Er musste vorsichtiger sein. »Ist mir nicht aufgefallen, weil sonst keine Autos da waren.«

»Um halb sechs?«, fragte Detective Newberg. »Mann, da sollte ich in Zukunft auch einkaufen!« Sie lächelte.

»Der H. E. B. bei mir ist um die Uhrzeit völlig überlaufen.«

Deo zuckte mit den Schultern.

»Wie sah er aus?«

»So gut habe ich ihn nicht gesehen.«

»Sie hatten ihn doch direkt im Blick, als er die Scheibe herunterließ?«

»Ich war ganz auf die Karten konzentriert, nicht darauf, wie er aussah.«

»War er weiß? Schwarz? Südamerikaner?«

»Eher schwarz.«

»*Eher* schwarz?«

»Ich glaube, er könnte Iraner gewesen sein.«

Iraner? Wo kam das jetzt wieder her?

»Sie glauben, er war Iraner?«

»Vielleicht auch teilweise Schwarzer, teilweise Iraner«, sagte Deo. »Moment, jetzt erinnere ich mich wieder. Er sagte, er hieße Habib. Deshalb denke ich, er war zum Teil Iraner.«

Detective Newberg hob die Brauen. »Habib?« Sie schrieb den Namen in ihr kleines Notizbuch.

»Hatte er einen Akzent?«

»Hm, ja, so 'n bisschen.«

»Einen iranischen Akzent?«

»Ja.«

»War er groß? Klein? Dünn? Dick?«

»Eher groß«, sagte Deo. »Aber das lässt sich nur schwer sagen, weil er doch in seinem Wagen saß.«

»Wie alt?«

»Vielleicht so in Ihrem Alter?«

»Wie alt, glauben Sie, bin ich?«

Er studierte ihr Gesicht. »Dreiundzwanzig?«

»Ich bin achtundzwanzig.« Sie lächelte. »Sagen wir also, er war in den Zwanzigern. Irgendwelche besonderen Merkmale?«

»Nein.«

»Tätowierungen? Haare im Gesicht?«

»Oh, ja. Er hatte einen Schnauzer.«

»Nett, dass Sie sich daran erinnern.«

»Ich dachte, das wäre nicht wichtig. Ich meine, er hat ihn wahrscheinlich längst abrasiert, glauben Sie nicht?«

Sie zuckte mit den Achseln. »Fällt Ihnen sonst noch was ein?«

Er schüttelte den Kopf.

»Sind Sie sicher?«

»Mir fällt sonst nichts ein.«

»Okay. Nun, das ist ein guter Anfang. Ich werde noch mit anderen sprechen, die beim Konzert in der Nähe gesessen haben. Vielleicht haben sie auch bei Habib gekauft.«

Sie gab ihm eine Karte mit ihrer Telefonnummer, die er anrufen sollte, wenn ihm noch etwas einfiel.

Er schüttelte ihr die Hand. Sie fühlte sich kühl und weich an.

Dann sah er sie wegfahren und hatte ein schlechtes Gewissen, dass er sie angelogen hatte. Sie war nett. Sie hatte ein freundliches Lächeln. Er konnte sich nur schwer vorstellen, wie sie da draußen in der Welt gegen Kriminelle kämpfte. Hoffentlich passierte ihr nichts.

21.

X-Ray lief neben seinem Auto auf und ab, das vor Deos Haus parkte. »Wir müssen uns keine Sorgen machen«, sagte er. »Wirklich. Die Polizei hat Besseres zu tun, als wegen ein paar gefälschten Konzertkarten eine große Untersuchung anzufangen.«

Deo hatte ihm alles erzählt, einschließlich der Geschichte mit Kaira.

»Mann, ich wünschte, du hättest erst mit mir geredet«, sagte X-Ray. »Ich hätte mir was Glaubwürdiges einfallen lassen.«

»Ich denke, sie hat mir geglaubt«, sagte Deo.

»Habib?« X-Ray schüttelte den Kopf. »Und den H. E. B. hättest du ganz aus dem Spiel lassen sollen.«

»Ja, da habe ich nicht richtig nachgedacht.«

»Das merkt man. Hör zu, wenn sie noch mal kommt, denk dran: 1+1=2. Die Sache muss doch irgendwie logisch klingen.«

»Ich glaube, sie hat mir geglaubt.«

»Du weißt, wir stecken da zusammen drin. Wir haben uns das Geld geteilt, fifty-fifty.«

Das wusste er auch.

»Aber keine Sorge«, sagte X-Ray. »Die Bullen haben Besseres zu tun. Mann, so viel Glück muss man erst mal haben, dass die Bürgermeisterin da auftaucht! Was für 'ne Bürgermeisterin geht schon zu einem Rockkonzert?«

»Du hast wirklich Glück, dass sie da war«, sagte Deo.

»Ach ja? Wieso das denn?«

»Wenn sie nicht da gewesen wäre, hätten sie mich eingesperrt, Ginny hätten sie ins Krankenhaus gebracht und ihr den Magen ausgepumpt, und du wärst längst tot.«

X-Ray lachte. »Du bist vielleicht ein Geschichtenerzähler.«

Montags in der Schule wollte Tatiana alles über das Konzert erfahren. »Du bist doch trotzdem gegangen, oder?«

»Oh, es war toll. Schade, dass du nicht dabei warst.«

»Hast du jemanden gefunden, der mitgegangen ist?«

»Klar, das war kein Problem.«

»Ein Mädchen?«

Er nickte.

»Ja, gut. Ich bin wirklich froh, dass es dir so gefallen hat.«

»Sie trug so was mit langen weißen Fransen ...«

»Weißt du?«, sagte Tatiana. »Was deine Freundin anhatte, interessiert mich echt nicht.«

»Meine Freundin? Nein, du wolltest doch wissen, was Kaira DeLeon ...«

»Ich habe jetzt wirklich keine Zeit für so was«, sagte Tatiana und ließ ihn stehen.

In Wirtschaft gab er Matt Kapok seinen Dollar zurück.

Matt schien überrascht. »Äh, danke, De...« Sein weißes Gesicht wurde noch weißer. »Ich mein, ich wollte sagen – Theodore. Danke, Theodore.«

»Du hast mir echt aus der Klemme geholfen«, sagte Deo. »Dafür hast du einen gut.«

Hinten auf ihren Tour-T-Shirts stand eine Liste der fünfzig Städte, durch die Kaira tourte. Ginny und Deo sahen schon seit mehr als einer Woche täglich nach, wo sie jetzt wohl war.

»Vielleicht ruft sie aus A-Albuquerque an«, sagte Ginny und betrachtete ihr T-Shirt. »Al-bu-quer-que«, wiederholte sie. Sie mochte das Wort.

Deo lachte. »Sie ruft nicht an«, sagte er und tat, als würde er gar nicht erst auf so einen Gedanken kommen, obwohl er in Wirklichkeit seit dem Treffen im Hotel praktisch an nichts anderes mehr dachte. Jedes Mal, wenn das Telefon klingelte, schaltete sein Körper auf *Red Alert*. Er hasste es, aus dem Haus zu gehen, weil Schule war oder er arbeiten musste. Er hatte Angst, einen Anruf von ihr zu verpassen. Aber nach fast anderthalb Wochen hatte er keine große Hoffnung mehr.

»Es ist so, wie sie in ihrem Lied singt«, erklärte er Ginny, »sie kommt zu dir, und schon zieht sie wieder los.«

Er wünschte nur, er hätte sie noch etwas länger bei sich halten können.

Vormittags hatte er einen Test in Wirtschaft verhauen. Er hatte die letzten zwei Kapitel im Lehrbuch nicht gelesen. Er konnte sich einfach nicht konzentrieren.

Tags zuvor hatte er ein Rasensprengersystem in einem großen Vorgarten installiert. Jack Dunlevy hatte ihm den Job ganz allein anvertraut.

Deo hatte die einzelnen Sprenger sorgfältig verteilt, damit der Rasen gleichmäßig bewässert wurde, und schließlich extra noch einmal sämtliche Verbindungen überprüft.

Das Problem war aber, dass alles nur mit sich selbst verbunden war. Die Schläuche liefen im Kreis und von nirgendwoher kam Wasser ins System.

Also musste er länger arbeiten, einen neuen Graben ausheben, den Kreislauf wieder öffnen und ihn an die Wasserversorgung anschließen. »Sie müssen mir die Überstunden nicht bezahlen«, erklärte er seinem Boss. »Es war meine Schuld.«

»Dummerweise muss ich das doch«, sagte Jack Dunlevy. »So ist das Gesetz.«

Wie sollte er erklären, dass das alles nur passiert war, weil sie im Radio ein Stück von Kaira DeLeon gespielt hatten?

Wenigstens hatte er nichts mehr von Detective Newberg gehört. Vielleicht hatte X-Ray ja Recht. Die Polizei von Austin hatte wichtigere Dinge zu tun, als einen Schwarzmarkthändler zu suchen, der einem schwarzen Teenager von der falschen Seite der I-35 gefälschte Konzertkarten verkauft hatte.

Er fragte sich, ob sie seine Akte eingesehen und herausgefunden hatte, dass er vorbestraft war. Er wollte nicht, dass sie schlecht von ihm dachte.

Cherry Lane rief einmal an und wollte wissen, wie es ihm ging. Seine Mutter ging ans Telefon und war sehr beeindruckt, als sie begriff, mit wem sie da sprach.

Deo war enttäuscht, dass es nicht Kaira war.

»Warum ruft die Bürgermeisterin ausgerechnet dich an?«, fragte seine Mutter.

»Ich habe dir doch erzählt, dass ich sie mal kennen gelernt habe. Ich habe in ihrem Garten gearbeitet.«

Zum ersten Mal seit langer Zeit sah seine Mutter ihn nicht wie einen hoffnungslosen Fall an.

Es war Donnerstagabend, vor elf Tagen hatte er Kaira zuletzt gesehen, und er kämpfte sich durch ein Kapitel in seinem Wirtschaftslehrbuch. Die Abschlussprüfung war in acht Tagen.

Er hatte schon daran gedacht, Matt Kapok zu fragen, ob sie zusammen lernen wollten. Sie grüßten sich jetzt jeden Tag in der Schule, aber Deo wollte das Haus nicht verlassen und hätte sich geschämt, Matt hierher einzuladen, wer weiß, nachher hätten seine Eltern Matt beschuldigt, ein Drogendealer zu sein oder so.

Die letzte Prüfung im Freien Sprechen war am Freitag in einer Woche, aber deswegen machte er sich keine Sorgen. Sie mussten keine Reden mehr halten, und die Sachen, die im Buch standen, waren alle klar: zum Beispiel, dass man seinem zukünftigen Boss beim Einstellungsgespräch möglichst in die Augen gucken sollte.

Er las einen Absatz in seinem Wirtschaftsbuch noch einmal und studierte die Kurve daneben. Gerade als er anfing, die Zusammenhänge etwas zu verstehen, klingelte das Telefon und riss ihn aus seinen Gedanken.

Nervös wartete er einen Moment, bevor er sich erneut der Kurve zuwandte.

»Theodore, Telefon!«, rief seine Mutter.

Er versuchte, ruhig zu bleiben. Wahrscheinlich war es sowieso nur X-Ray. Er holte tief Luft und ging in die Küche. Seine Mutter formte mit den Lippen die Worte: »Es ist ein Mädchen«, als sie ihm den Hörer gab.

»Ja, hallo«, sagte er und bemühte sich, möglichst locker zu klingen.

»Hallo, wie geht's?«

Er erkannte die leicht nasale Stimme von Detective Newberg und nahm das Telefon mit in sein Zimmer.

»Oh, äh, gut.«

»Sie haben wahrscheinlich schon gedacht, ich hätte Sie vergessen.«

»Äh, nein, wirklich nicht.«

»Sind Sie sicher, dass der Mann Habib hieß?«

»Nicht wirklich.«

»Könnte er auch Felix geheißen haben?«

»Felix? Nein, glaube ich nicht.«

»Und Moses?«

»Nein. Ich bin schon ziemlich sicher, dass er Habib hieß.«

»Vielleicht hatte er einen Spitznamen. Wäre das nicht möglich?«

»Wahrscheinlich schon.«

»Hat er sich irgendwann mal X-Ray genannt?«

Deo atmete langsam aus und sagte dann, dass er den Namen noch nie gehört habe.

»Und Deo?«

Er ließ fast das Telefon fallen.

»Hallo? Sind Sie noch dran?«

»Ja. Äh, klar.«

»Sagt Ihnen der Name Deo etwas?«

»Nein, und ich denke, an so einen Namen würde ich mich schon erinnern.«

Debbie Newberg lachte. »Das glaube ich auch«, sagte sie.

Deo sah auf sein Wirtschaftslehrbuch, das offen auf dem Tisch lag. Heute würde er nichts mehr lernen können.

22.

Am nächsten Tag kam ein Brief. Deo sah immer nach der Post, wenn er aus der Schule kam. Der Brief war an Theodore D. Johnson adressiert, auf dem Absender stand die Adresse des Hotels Del Coronado in San Diego. Deos zweiter Name war Thomas.

Der Brief war mit lila Tinte geschrieben, auf Hotelpapier, und die Schrift war bemerkenswert leserlich.

Lieber T. (oder sollte ich schreiben: Lieber D.?),
ich hoffe, du hast nichts gegen einen langen, peinlichen Brief. Ich weiß, es wird ein langer, peinlicher Brief, weil bisher alle Briefe, die ich dir geschrieben habe, lang und peinlich waren. Sie werden immer länger und peinlicher! Natürlich schicke ich sie nicht ab, was wohl bedeutet, dass es egal ist, ob du was dagegen hast oder nicht. Ich schreibe immer alle möglichen blöden Dinge: wie sehr ich dich vermisse, dass ich mir wünsche, du wärst hier, und solchen Mist. Einmal habe ich sogar das Wort mit L benutzt! Wie blöd kann man sein? Keiner findet die große L… nach einem Eis und zehn Minuten Spaziergang! Jetzt weißt du, warum ich meine Briefe nicht eingeworfen habe. Ich bin vielleicht ein bisschen blöd, aber nicht total bescheuert!!!

Es ist nur einfach so, dass ihr, du und Ginny, meine einzigen Freunde seid. Ist das nicht gruselig? Damit meine ich jetzt nicht dich und Ginny, sondern mich!
Es tut gut, dir zu schreiben, auch wenn ich weiß, dass du das nie lesen wirst. Es ist auf jeden Fall besser, als mit meiner Analytikerin rumzusülzen. Ich sehe dein Gesicht vor mir. Deine Augen. Dein Lächeln gibt mir Halt.
Ich bin so absolut sauer, dass Dr. Idiot plötzlich auftauchen musste. So nenne ich ihn jetzt. Er ist ein Doktor der Idiotologie.
Ich glaube, du wolltest mich küssen. Ich weiß, ich wollte, dass du mich küsst. Ich will es immer noch. Du glaubst nicht, wie sehr ich das will!
Oh Mann, dieser Brief ist noch schlimmer als der von gestern! Den hätte ich fast abgeschickt. Eine Marke klebte schon drauf und alles. Beim Aufzug gab es einen Briefkasten, und ich schob den Brief in den Schlitz. Hob einen Finger, dann noch einen. Es war so, wie vorne an einer Klippe zu stehen und sich zu fragen, wie es wäre, zu springen.
Denkst du, ich bin wahnsinnig? Natürlich nicht, weil du das hier nicht lesen wirst.
Wenn ich Liebeslieder singe, hilft es mir, an dich zu denken. Früher habe ich mir dazu eine Art Märchenprinzen erfunden. Der sah ganz anders aus als du. Viel besser. Okay, sorry, war nur Spaß. Egal, wenn ich heute singe, denke ich an dich.
Dreh jetzt nicht gleich durch. Ich will nicht behaupten, dass ich dich liebe. Aber du hilfst mir beim Singen.
Was du wohl denken würdest, wenn ich diesen Brief ab… Moment, Kaira, jetzt wird es ernst. Du wirst diesen Brief nicht abschicken. Niemals! Auf keinen Fall!!!

Okay, ich muss jetzt was echt Peinliches schreiben. Dann schicke ich ihn bestimmt nicht mehr ab.
Los geht's.
Es war toll, als ich unter deinen Arm gefasst hab. Das hat mich ganz kribbelig gemacht.
Aaaah!
Oh, ich vermisse dich so sehr!!!!
xoxoxox
Kaira

23.

»Wow«, sagte Deo und las den Brief noch einmal. Er stellte sich vor, wie sie den Umschlag in den Briefschlitz hielt, die Augen schloss und losließ. Vielleicht hatte sie dabei geschrien.

Wenn er doch nur wüsste, wie er sie erreichen könnte. Er sah hinten auf sein Kaira-DeLeon-T-Shirt. Wahrscheinlich war sie jetzt in Los Angeles, aber er hatte keine Ahnung, in was für einem Hotel sie dort wohnte und welchen Fernsehnamen sie benutzte.

Schade, dass sie ihre Handynummer nicht in den Brief geschrieben hatte, aber warum hätte sie das tun sollen? Sie wollte ihn ja eigentlich gar nicht abschicken.

Das Telefon klingelte.

Er hob noch vor dem zweiten Klingeln ab. »Hallo?«

»Theodore, gut, dass ich Sie erreiche.«

Es war Detective Newberg.

»Wir haben hier einen Verdächtigen auf der Wache. Ich hätte gern, dass Sie dabei sind, wenn ich ihn verhöre.«

Er wusste nicht, was er sagen sollte. »Ich muss zur Arbeit. Ich komme gerade erst aus der Schule.«

»Wann müssen Sie da sein?«

»Um eins. Ich weiß aber noch nicht, wo ich arbeiten muss.«

»Ich kann Sie hinbringen lassen.«

»Und ich müsste noch was essen.«

»Was für Pizza mögen Sie?«

»*Pizza?* Äh, Peperoni.«

»Ich schicke einen Wagen, der Sie abholt.«

Nach dem Gespräch mit Detective Newberg rief er Raincreek an. Er bekam die Adresse und sagte, vielleicht komme er etwas später und dass Hernandez ihn nicht bringen müsse.

Weniger als zehn Minuten danach fuhr ein Streifenwagen in die Auffahrt.

»Darf ich vorne sitzen?«, fragte Deo. »Ich möchte nicht, dass die Nachbarn denken, ich bin wieder verhaftet worden.«

Er bedauerte die Worte sofort wieder, aber der Polizist sagte nur: »Kein Problem, spring rein.« Vielleicht hatte er nicht genau zugehört. Oder er wusste längst von Camp Green Lake.

Die Polizeiwache war in einem dreistöckigen stuckverzierten Gebäude untergebracht. Deo kannte es. Hierher war er nach seiner Auseinandersetzung im Kino gebracht worden.

Ein Schild besagte, dass alle Besucher durchsucht werden würden, aber er ging einfach durch den Metalldetektor und folgte dem Polizisten in den ersten Stock.

Detective Newberg kam aus einem Zimmer, sah Deo und winkte ihm zu. »Kommen Sie und sehen Sie sich ihn an«, sagte sie und legte den Finger auf den Mund, damit er sich ruhig verhielt.

Er trat mit ihr in den Raum, der dämmrig wirkte und nach Pizza roch. Ein Stück fehlte bereits in der Schachtel, die offen auf dem Tisch stand.

»Die Pizza ist gut«, sagte Detective Newberg und bekam schon wieder rote Wangen.

Ein Fenster ging in einen anderen Raum, der fast identisch mit dem war, in dem sie sich befanden, aber hell erleuchtet. X-Ray saß an einem Tisch und trommelte nervös mit den Fingern. Deo konnte das Trommeln durch die Lautsprecher an der Wand hören.

»Ist das Habib?«, fragte Detective Newberg leise.

Beinahe hätte er gelacht, schüttelte aber nur den Kopf.

»Sind Sie sicher?«

»Das ist er ganz bestimmt nicht.«

»Ich möchte, dass Sie zuhören, wenn ich ihn befrage, und mir sagen, wenn Ihnen irgendetwas auffällt.«

Sie gab ihm einen Block und einen Kugelschreiber aus ihrer Tasche, falls er etwas aufschreiben wollte.

Dann ließ sie ihn allein, und einen Moment später saß sie schon X-Ray gegenüber. Deo hörte zu, wie sie X-Ray darüber aufklärte, dass er, auch wenn er nicht verhaftet sei oder unter Anklage stehe, das Recht habe, zu schweigen und einen Anwalt hinzuzuziehen.

Deo hatte es noch nie erlebt, dass X-Ray geschwiegen hatte.

»Wozu sollte ich einen Anwalt brauchen?«, fragte X-Ray. »Ich will Ihnen doch helfen, oder? Schreiben Sie das auf. Ich zeige mich kooperativ.«

Detective Newberg lächelte ihr mädchenhaftes Lächeln und machte sich auf ihrem gelben Block eine Notiz.

Lass dich nicht von ihrem Lächeln täuschen, dachte Deo und versuchte, X-Ray die Botschaft per Telepathie in den anderen Raum hinüberzuschicken.

»Sie wissen, dass Sie nicht verhaftet sind und gehen können, wann immer sie wollen?«

X-Ray nickte.

»Bitte antworten Sie deutlich hörbar.«

»Ist notiert.«

»Sie wissen auch, dass diese Befragung aufgezeichnet wird.«

»Ist notiert«, sagte X-Ray wieder.

»Und dass Sie zwar nicht verhaftet wurden, aber dennoch als Verdächtiger in diesem Fall gelten. Alles, was Sie sagen, kann später vor Gericht gegen Sie verwendet werden.«

»Ist notiert«, sagte X-Ray. Er schien dieses Wort zu mögen.

»Sie haben das Recht, keine der Fragen zu beantworten, und wenn Sie dieses Recht nicht in Anspruch nehmen, tun Sie das freiwillig.«

»Wie ich schon sagte, ich bin kooperativ. Ich habe schließlich nichts zu verbergen, oder?«

»Könnten Sie für das Protokoll noch einmal Ihren Namen nennen?«

»Rex Alwin Washburn.«

»Und Ihr Alter?«

»Siebzehn.«

»Benutzen Sie manchmal einen anderen Namen als Rex?«

»Nein.«

»Vielleicht X-Ray?« Wieder das Lächeln.

»X-Ray?«, fragte X-Ray.

»Bevor Sie etwas Dummes sagen, denke ich, sollten Sie wissen, dass ich mit verschiedenen Leuten gesprochen habe, die Konzertkarten von jemandem gekauft haben, der sich X-Ray nannte. Seine Handynummer ist mit Ihrer identisch. Und wir kennen das Nummernschild Ihres Wagens.«

»Okay, das wollte ich ja gerade erklären. Sie müssen mir nur die Möglichkeit dazu geben. Sie können nicht einfach fragen und fragen, ohne dass ich die Möglichkeit habe, was zu erklären.«

»Entschuldigung.«

»Sehen Sie, als Sie mich fragten, ob ich noch einen Namen hätte – X-Ray ist für mich nicht wirklich ein anderer Name. Das ist Schweinelatein für Rex. Sie heißen Debbie, stimmt's? Das könnte dann so was wie Ebbie-Day sein. Das ist derselbe Name, nur in einer anderen Sprache.«

»Ich verstehe«, sagte Detective Newberg. »Also noch mal ganz deutlich: Die Leute, die mir gesagt haben, sie hätten ihre Karten von einem X-Ray gekauft, die hatten sie in Wirklichkeit von Ihnen?«

»Genau. Das wollte ich sagen.«

»Wie viele Karten haben Sie verkauft?«

X-Ray zögerte. Deo wusste, was er dachte. Er versuchte herauszukriegen, was sie wusste, und ob es sich lohnte, zu lügen.

»Zwölf.«

»Sind Sie sicher, nicht vierzehn?«

»Nein, nur zwölf.«

»Für wie viel haben Sie die Karten verkauft?«

»Ich habe eine kleine Servicegebühr draufgeschlagen. Das ist nicht illegal. So was nennt man freies Unternehmertum, und das ist in der Verfassung verankert.«

»Wie viel?«

»Ich habe niemanden zu irgendwas gezwungen. Die sind alle zu mir gekommen. Sie wollten Karten, und ich habe ihnen einen fairen Preis gemacht. Wenn sie ihn nicht für fair gehalten hätten, hätten sie die Karten nicht kaufen müssen.«

»Ich will nur wissen, für wie viel.«

»Hundertfünfunddreißig Dollar.«

»Haben Sie auch welche für mehr als das verkauft?«

»Ja, zwei habe ich für dreihundert verkauft.«

»Dreihundert pro Karte, oder für beide zusammen?«

»Pro Karte. Aber ich hatte schließlich auch Auslagen, wissen Sie. Das war nicht alles Gewinn. Ich musste zum Beispiel eine Anzeige in die Zeitung setzen. Und Benzin ist auch nicht billig. Überhaupt habe ich sechs Stunden für die Karten angestanden. Zeit ist Geld, oder?«

»Hatten Sie einen Partner?«

»Nein. Ich arbeite unabhängig.«

»Haben Sie je von jemandem namens Habib gehört?«

»Habib? Nein.«

»Und wie wäre es mit Deo?«

X-Ray zuckte nicht mal mit der Wimper. »Deo? So heißt doch keiner.«

»Offenbar schon. Sie kennen ihn also nicht?«

X-Ray schüttelte den Kopf.

»Bitte antworten Sie klar vernehmlich.«

X-Ray kicherte und sagte: »Nein, ich habe echt nie von jemandem gehört, der Deo heißt.«

»Wie haben Sie die Karten überhaupt besorgt?«

»Was meinen Sie damit?«

»Die Karten, die Sie verkauft haben. Wo hatten Sie die her? Sie sagten, Sie hätten sechs Stunden dafür angestanden.«

»Genau. Ich habe sie am ersten Tag gekauft, als sie zu haben waren.«

»An der Lonestar Arena?«

»Richtig. Ich bin abends vorher schon hin und habe dann fast zwölf Stunden gewartet.«

»Wie viel haben Sie für die Karten bezahlt?«

»Siebenhundertzwanzig Dollar. Wenn wir schon von Wucher reden: Eigentlich sollten sie fünfundfünfzig pro Stück kosten, aber die schlagen einfach fünf Dollar Bearbeitungsgebühr drauf.«

»Das scheint nicht ganz fair zu sein«, stimmte ihm Detective Newberg zu. »Aber etwas verstehe ich nicht ganz. Nach allem, was ich weiß, gab es nur sechs Karten pro Person. Wie konnten Sie da zwölf kaufen?«

»Hab ich einfach.«

»Ich habe gehört, dass die da ziemlich streng waren.«

»Sie haben ja Recht. Okay. Also das ging so.«

Denk dran, Mann, 1+1=2, dachte Deo.

»Wie Sie sagen, konnte man nur sechs Karten kaufen. Sechs Karten *auf einmal.* Aber nichts kann einen davon abhalten, sechs Karten zu kaufen und sich gleich noch mal anzustellen.«

»Aber die Schlange war doch lang, oder?«

»Oh Mann, das kann ich Ihnen sagen. Aber Sie können immer irgendwem fünfzig Dollar zahlen, damit er Sie vorlässt. Sehen Sie, das ist wieder eine der Ausgaben, die man hat. Davon rede ich doch die ganze Zeit. Die Leute denken, auf dem Schwarzmarkt kann man Millionen verdienen, aber an die Kosten denken sie nicht.«

»Ich denke, es war anders«, sagte Detective Newberg. »Wollen Sie wissen, was ich glaube?«

»Schießen Sie los.«

»Danke. Je länger ich darüber nachdenke, dass alle

zwölf Plätze in derselben Reihe waren, einer neben dem anderen, desto mehr frage ich mich, wie Sie sechs Karten kaufen, sich wieder anstellen und noch sechs bekommen konnten, die alle in derselben Reihe waren, ein Platz neben dem anderen?«

»Das kann ich erklären.«

»Ich würde Ihnen raten, es zu lassen«, sagte Detective Newberg.

»Aber Sie sagten …«

»Ich will Ihre Erklärung nicht hören«, sagte Detective Newberg.

»Sehen Sie, ich habe mich nicht wieder angestellt. Ich sagte Ihnen, dass man jemanden in der Schlange bezahlen *kann*, dass er einen vorlässt, aber ich habe nicht gesagt, dass …«

»Seien Sie ruhig und hören Sie gut zu!«

X-Ray verstummte.

»Es ist strafbar, der Polizei falsche Auskünfte zu geben. Und bei jemandem wie Ihnen, der bereits einmal verurteilt wurde und dessen Bewährungszeit noch läuft, kann das ziemlich schnell Gefängnis bedeuten.«

»Davon wissen Sie?«, fragte X-Ray.

»Das ist hier kein Kindergarten. Lassen Sie mich Ihnen sagen, was ich noch weiß. Ich weiß, dass Sie in einem Restaurant namens Smokestack Lightnin' waren, und zwar mit jemandem, der Deo hieß. Das heißt, ich weiß, dass Sie gelogen haben, als Sie sagten, Sie würden niemanden mit dem Namen kennen. Wollen Sie mir noch weitere Lügen erzählen?«

X-Ray antwortete nicht.

»Sehen Sie den Spiegel da? Sie sind doch ein helles Köpfchen, X-Ray. Denken Sie, das ist ein gewöhnlicher

Spiegel? Glauben Sie, der hängt hier, damit ich mir die Lippen nachziehen kann?«

»Nein«, sagte X-Ray leise.

»Richtig. Das ist Spiegelglas, und dahinter sitzt ein Kriminalpsychologe und hört uns zu. Der erkennt jede Lüge an Ihrer Körpersprache und der Tonlage Ihrer Stimme.«

X-Ray winkte dem Psychologen kurz zu.

Deo winkte zurück.

»Was ich von Ihnen will, ist, dass Sie noch einmal überdenken, was Sie mir gesagt haben, und sich fragen, ob Sie vielleicht hier oder da etwas korrigieren wollen.«

»Sehen Sie, wenn Sie mich erklären ließen …«

»Denken Sie nach, bevor Sie reden«, sagte Detective Newberg. »Und diesmal sagen Sie mir besser die Wahrheit, sonst geht die Aufnahme unseres Gesprächs an die Staatsanwaltschaft.«

»Ich versuche ja, Ihnen die Wahrheit zu sagen. Aber Sie lassen mich ja nicht ausreden. Sie haben Recht, ich habe nicht alle Karten selbst gekauft, aber es war mein Geld! Stellen Sie sich vor, Sie stehen in einem Laden, und alles, was Sie wollen, ist ein Schokoriegel, aber da ist eine Riesenschlange. Und dann sehen Sie ganz vorne einen, den Sie kennen, und Sie geben ihm den Dollar, und er kauft Ihnen den Schokoriegel dafür. Später dann, wenn Sie jemand fragt, wo Sie den Schokoriegel herhaben, sagen Sie, Sie hätten ihn im Laden gekauft. Das ist doch keine Lüge, oder?«

»Wer hat Ihnen geholfen, die Karten zu kaufen?«

»Deo.«

»Kennen Sie seinen wirklichen Namen?«

»Habib, glaube ich.«

»Glauben Sie?«

»Ich kenne den Kerl nicht! Ich schwöre es! Felix nannte ihn Deo. An dem Tag da in der Schlange habe ich ihn zum ersten Mal gesehen. Hören Sie, ich bin los, um die Karten zu kaufen, und dann hieß es, es gibt nur sechs, genau wie Sie sagten. Da tauchen Felix und Deo auf, und Deo bietet mir an, sechs Karten für mich zu kaufen. Mann, das war der größte Fehler, den ich je in meinem Leben gemacht habe.«

»Wie meinen Sie das?«

»Ich dachte, ich müsste Deo nur fünfzig Dollar oder so für den Job geben, und fertig. Aber nein. Er bestand darauf, dass ich ihn zu meinem Partner machte. Und ich muss Ihnen noch was sagen: Deo ist nicht der Mann, dem man was abschlägt. Der ist riesig, hinterhältig, ein ganz harter Typ. Deswegen habe ich gelogen und gesagt, ich würde ihn nicht kennen. Wenn ich gegen Deo aussagen muss, geben Sie mir besser Polizeischutz.«

»Wie haben Sie sich geeinigt?«

»Wir haben alle Gewinne geteilt, fifty-fifty. Er war bei jedem einzelnen Verkauf dabei.«

»Kennen Sie seinen Nachnamen?«

»Nein.«

»Wissen Sie, wo er wohnt?«

»Keine Ahnung.«

»Haben Sie seine Nummer?«

»Nein.«

»Ich werde das hier langsam leid, Rex.«

»Ich schwöre. Ich lüge nicht.«

»Wie konnten Sie dann mit ihm in Verbindung treten?«

»Ich rief Felix an und der dann Deo. Und dann trafen wir uns am H. E. B.«

»Wer hatte die Karten?«

»Er hatte sechs und ich auch. Um ehrlich zu sein, dachte ich, er würde versuchen, mich zu bescheißen, aber das hat er nicht.«

Detective Newberg legte ihre Tasche auf den Tisch und öffnete die Verschlüsse.

»Hören Sie, es tut mir Leid, dass ich nicht gleich ganz offen zu Ihnen war«, sagte X-Ray, »dieser Deo jagt mir einfach eine gottverdammte Angst ein. Aber jetzt wissen Sie die Wahrheit, und alles ist cool, okay?« Er lächelte. »Alles im grünen Bereich?«

Detective Newberg drehte sich abrupt zur Seite und schien Deo direkt in die Augen zu blicken, obwohl er wusste, dass sie ihn nicht sehen konnte.

Jetzt wandte sie den Blick wieder ab und holte zwei Fotos aus ihrer Tasche. »Ist das hier Felix?«

»Ja, das ist er.«

Sie zeigte X-Ray ein Foto von Moses. »Und das ist Deo?«

X-Ray ließ sich Zeit und betrachtete das Foto. »Nein, Deo hat dunkle Haut. Und er trägt auch keinen Cowboyhut. Er hatte so 'n Ding auf, wie nennt man das noch … einen Turban? Er hatte was von 'nem Iraner.«

»Hatte er einen Bart?«

X-Ray dachte einen Moment nach.

Deo konnte sich nicht erinnern, ob er X-Ray gesagt hatte, Habib hätte einen Schnauzer.

»Kann schon sein – der Mann war so haarig, da ist so was schwer zu sagen. Er gehört zu den Leuten, die sich dreimal am Tag rasieren müssen, wenn Sie verstehen, was ich meine.«

»Wie alt war er?«

»Vielleicht fünfundzwanzig. Ist schwer zu sagen, mit dem Turban.«

Detective Newberg seufzte. »Danke für die Mitarbeit.« Sie gab ihm ihre Karte und sagte, wenn er je wieder von Deo höre, solle er sie anrufen.

»Kann ich jetzt gehen?«

Sie nickte.

Ein Polizist in Zivil kam in den Raum und führte X-Ray hinaus.

Deo beobachtete, wie Detective Newberg die Fotos wieder in ihre Tasche legte. Sie schüttelte den Kopf und ging ebenfalls aus dem Raum.

Gleich darauf öffnete sich die Tür.

»Nun, was hält mein Kriminalpsychologe von der Sache?« Sie lächelte ihn an.

»Ich glaube, er hat die Wahrheit gesagt.«

»Das soll ein Witz sein, oder?«

»Ich meine, zuerst nicht, aber als Sie ihm Angst gemacht haben, da hat er Ihnen, glaube ich, die Wahrheit gesagt.«

Detective Newberg schüttelte den Kopf. »Jetzt verstehe ich, warum Ihnen dieser Deo die falschen Karten verkaufen konnte. Sie sind einfach zu leichtgläubig.«

Deo zuckte mit den Schultern.

Sie lächelte. »Das liegt daran, dass Sie selbst zu ehrlich sind. Oh, Sie haben ja Ihre Pizza gar nicht gegessen.«

Er hatte keinen Hunger mehr.

»Nun, auch wenn X-Ray uns nicht verraten hat, wo Habib wohnt, sollte es nicht zu schwer sein, jemanden zu finden, der Deo heißt. Wahrscheinlich kann man ihn meilenweit riechen.«

Sie lachte über ihren eigenen Witz.

»Ich habe nichts gerochen«, sagte Deo. »Vielleicht kommt der Name ja ganz woandersher. Vielleicht hat das ja gar nichts mit Schwitzen zu tun.«

Das musste er einfach loswerden.

24.

Es hatte sich noch nie so gut angefühlt, in der heißen Sonne zu buddeln und zu schwitzen. Alles, woran er denken musste, waren Büsche und Erde.

Am Ende hatte ihn Detective Newberg zur Arbeit gebracht, was ganz in Ordnung war, weil sie ein normales Auto fuhr und er so nicht lange erklären musste, warum er in einem Streifenwagen gebracht wurde. Er tat sein Bestes, um X-Rays Aussage glaubhaft klingen zu lassen, und bestätigte sogar, dass Habib einen Turban getragen hatte.

X-Ray rief ihn später an und erzählte, dass er sich nett mit Debbie Newberg unterhalten hätte und alles im grünen Bereich sei, vielleicht sei es aber besser, wenn sie sich eine Weile nicht sähen.

Deo brachte es nicht über sich zu sagen, dass er alles gehört hatte. Stattdessen erzählte er X-Ray von Kairas Brief.

»Du Hund! Wenn du die Kleine heiratest, schuldest du mir mindestens eine halbe Million.«

Als er mit X-Ray fertig war, klingelte das Telefon wieder.

»Okay, ich will dich nur warnen, dass du einen wirklich blöden Brief kriegst, also lies ihn bitte nicht. Mach nicht mal den Umschlag auf. Halt sofort ein Streichholz dran.«

Als er ihr sagte, dass er ihn längst gelesen hatte, schrie Kaira so laut, dass er das Telefon von seinem Ohr weghalten musste.

Dann beschwerte sie sich, wie wenig man sich auf die US-Post verlassen könne. »Ich dachte, die wären viel *langsamer*! Du denkst jetzt sicher, ich bin total bescheuert.«

»Der Brief hat mir gefallen.«

»Ehrlich?«

»Sehr sogar. Ich hab mich hinterher ganz wohl gefühlt innen drinnen, nicht so kribbelig, aber krabbelig.«

»Was?«

»Nichts. Ich wollte nur einen Witz machen.«

»Und was halten deine Kumpel davon, dass deine Freundin eine berühmte Rocksängerin ist?«

Er hatte nicht gewusst, dass sie seine Freundin war, aber es freute ihn, dass sie das dachte.

»Ich habe es eigentlich keinem erzählt.«

»Du bist so … Ich weiß auch nicht. Andere Jungs würden den Mund gar nicht wieder zukriegen. Du bist so echt, so normal. Ich komme mir völlig unecht vor, wenn ich mit dir rede.«

»Für mich bist du absolut nicht unecht.«

Kaira zwang sich zu einem Lachen. »Das liegt daran, dass du mich nicht kennst. Ich bin so unecht, dass ich selbst nicht mal sagen kann, wann ich ehrlich bin und wann nicht. Zum Beispiel, als ich dir gesagt habe, du sollst den Brief verbrennen. Das war eine Lüge. Ich hatte gehofft, dass du ihn schon gelesen hast. Ich wollte nur nicht, dass du wusstest, dass ich es wollte.«

»Das habe ich mir gedacht.«

»Wirklich?«

»Na ja, ich meine, wenn du wirklich gewollt hättest, dass ich den Brief verbrenne, hättest du sicher nicht erst ein paar Tage gewartet, um es mir zu sagen.«

»Du bist einfach zu clever. Du hast mich durchschaut.«

Das war womöglich das erste Mal, dass jemand sagte, er sei clever.

»Okay«, sagte Kaira. »Jetzt musst du mir was Peinliches von dir erzählen.«

»Warum?«

»Weil ich dir einen peinlichen Brief geschrieben habe.«

»Dafür kann ich nichts.«

»Trotzdem«, sagte Kaira. »Dann sind wir quitt. Sonst kann ich dir nie wieder in die Augen sehen.«

»Also gut«, sagte er und überlegte. »Also gut. Du kennst doch das Lied *Damsel in Distress*?«

»Oh ja, also warte, ich glaube, ich habe davon gehört«, sagte Kaira spöttisch.

»Na ja gut, und wie geht diese Stelle: ›*dieses Dies, dieses Das, dieses Kleid*‹, und dann: ›*nie kämst du drauf …*‹?«

»Warum?«

»Weil ich jedes Mal, wenn ich das Lied höre, denke, es heißt etwas, aber ich weiß, das kann nicht sein.«

»Was denkst du denn?«

»Okay, das ist jetzt wirklich peinlich, aber du hast es so gewollt. Ich denke, du singst: ›*Deo. Rette mich, Deo. Ich bin ein Mädchen in Not.*‹«

Kaira lachte. »Rette mich, Deo!«, rief sie. »Warum sollte ich ›*Rette mich, Deo!*‹ singen? Das ergibt doch gar keinen Sinn!«

»Ich weiß.«

»Ich wusste ja nicht mal, dass du so heißt! Ich kannte dich doch gar nicht, als ich den Song aufnahm.«

»Ich weiß! Ich weiß, dass du das nicht wirklich singst. Das habe ich doch schon gesagt.«

»Gott, du bist ja noch schlimmer als ich. Ich habe dir einfach nur einen peinlichen Brief geschrieben, aber du leidest unter Wahnvorstellungen!«

»Sagst du mir jetzt, wie es wirklich heißt, oder nicht?«

»Ich wusste doch nicht, dass es irgendwen auf dieser Welt gibt, der Deo heißt!«

»Beantwortest du mir jetzt bitte meine Frage und sagst, wie es richtig heißt?«

Kaira sprach den Text ganz deutlich aus: *»Der Schmuck, die Schuhe, dieses Kleid. Der größte Erfolg dieser Zeit. Nie kämst du drauf …«* Hier machte sie eine Pause und sprach die folgenden Worte besonders langsam: *»Denn, oh, ich bin ein Mädchen in Not. Rette mich! Denn, oh, ich bin ein Mädchen in Not.«*

»Ja, das ergibt mehr Sinn«, sagte Deo.

»Du bist so witzig«, sagte Kaira. »Einfach nur deine Stimme zu hören. Du weißt nicht, wie sehr ich dich vermisse.«

»Ich dich auch.«

»Wirklich?«

»Ja, wirklich. Ich habe versucht, dich nicht zu sehr zu vermissen, weil ich nie gedacht hätte, wieder von dir zu hören, aber dann kam dein Brief, und jetzt bist du am Telefon … Deine Stimme geht mir echt unter die Haut.«

»Ah, du bist so lieb. Weißt du, was wir machen? Dieses Wochenende bleiben wir drei Tage in San Francisco. Ich singe da, einmal in Marin und einmal in Berkeley. Du solltest mich besuchen kommen!«

»Ja, genau. Ich springe nur schnell in meinen Privatjet.«

»Wir bringen ständig Leute von überallher zu uns. Wenn zum Beispiel ein Gitarrist krank wird oder so.«

»Du meinst das ernst?«

»Natürlich. Wir arrangieren was. Eine Limousine holt dich von zu Hause ab und bringt dich zum Flughafen.«

»Du meinst das wirklich ernst?«

»Drei Tage in San Francisco. Nur du und ich. Was sagst du dazu?«

Er konnte es nicht fassen. Genauso gut hätte sie ihn fragen können, ob er zum Mond fliegen wolle. Und so antwortete er: »Klar. Warum nicht?«

25.

»Du musst es d-deinen Eltern s-sagen«, sagte Ginny.

»Warum?«

»Darum. Es sind schließlich deine Eltern.«

Sie machten ihren täglichen Spaziergang.

»Denk mal drüber nach, Ginny«, sagte Deo. »Glaubst du wirklich, dass ich nach San Francisco fahre? Sieh dich um. Glaubst du wirklich, eine echte Limousine kommt hier die Straße herauf und parkt in unserer Auffahrt?«

»Ja.«

Deo starrte in die Ferne. »San Francisco«, sagte er.

»San Francisco«, wiederholte Ginny.

»Ich habe Angst vor Erdbeben«, erklärte er ihr.

* * *

Am Dienstag rief eine Frau namens Aileen an und fragte ihn nach seiner Kundennummer für das United-Airlines-Bonuspunkteprogramm. Als er ihr sagte, er hätte keine, sagte sie, United sei die einzige Fluglinie, die nonstop von Austin nach San Francisco fliege, und sie schlug vor, dass er sich auf dem Flughafen in ihr Vielfliegerprogramm einschreibe, denn für einen Erste-Klasse-Flug gebe es doppelte Meilen.

Sie klang unglaublich tüchtig, ratterte verschiedene Abflugs- und Ankunftszeiten herunter, und er musste sich anstrengen, alles mitzubekommen. Sie schlug den Flug um 11 Uhr 55 vor, der um 13 Uhr 10 in San Francisco sei, weil der einzige andere Direktflug erst um 18 Uhr 21 ankomme, was es schwierig machen könnte, rechtzeitig um 20 Uhr beim Konzert in Berkeley zu sein, je nach Verkehr. Es sei denn, er wolle nach Oakland fliegen, das ginge aber nur mit American Airlines und bedeute einen Aufenthalt in Dallas.

Er entschied sich für ihren ersten Vorschlag.

»Der elf fünfundfünfzig?«

»Wie Sie gesagt haben.«

Erst nachdem er aufgelegt hatte, fiel ihm ein, dass er so seine Prüfung in Wirtschaft verpassen würde. Natürlich nur, wenn er wirklich flog.

Aileen saß an einem schönen, sehr alten Schreibtisch und sah über die Hügel von Santa Barbara auf den Pazifik hinaus. Unglücklicherweise ließ das Hotel das, was es an Charme bot, an technischer Ausrüstung vermissen. So gab es auf den Zimmern keinen Internetanschluss, und sie musste ihren Laptop über das Handy einloggen, verlor aber immer wieder die Verbindung. Was bedeutete, dass sie Theodore Johnsons Ticket noch nicht gebucht hatte.

Sie hörte, wie ihre Tür mit einem Klicken aufgeschlossen wurde, und sah dann, wie Jerome Paisley seinen großen Kopf ins Zimmer steckte. »Hast du alles gebucht?«

Sie warf ihm einen gelangweilten Blick zu. »Nur den Flug brauche ich noch.«

»Warte, bis du das gehört hast«, sagte er und trat hinter sie. »Du wirst es nicht glauben.«

»Erzähl's mir.«

Jerome massierte ihr den Nacken, während er sprach. »Fred hat ein paar Erkundigungen eingezogen. Der Junge ist vorbestraft! Tätlicher Angriff und Körperverletzung!« Aileen drehte sich zu ihm um. »Bin ich nun ein Genie oder bin ich kein Genie?«

Sie stand auf und stellte sich auf die Zehenspitzen, um ihn zu küssen.

»Du bist ein Genie«, flüsterte sie.

»Ein Genie zu sein heißt ja nicht nur, *intelligent* zu sein«, erklärte er ihr. »Es gibt eine Menge kluge Leute auf der Welt. Leute, die klüger sind als ich. Es geht eher darum, *seine Chancen zu erkennen.* Seine Chancen auf sich zukommen zu lassen. Manchmal muss man nur die Tür aufmachen, und die Chancen kommen einfach hereinspaziert. Man muss ein Genie sein, um zu wissen, wann man die Tür aufmachen muss.«

Aileen hatte selbst auch schon ihre Erfahrungen mit erkannten Chancen gemacht. Sie hatte erkannt, dass Jerome Paisley ein schwacher, unsicherer Mann war, der ständig versuchte, andere zu beeindrucken. Sie ließ sich beeindrucken.

Bis jetzt war es ihr mit Jeromes Hilfe gelungen, fast drei Millionen Dollar von Kairas Konto abzuzweigen. Nicht einmal Jerome kannte die genaue Höhe der unterschlagenen Summe.

Jerome lief im Zimmer auf und ab. »Jetzt oder nie. Jetzt oder nie«, sagte er, mehr zu sich selbst als zu Aileen. »In zwei Monaten wird sie achtzehn. Jetzt oder nie, wir müssen zuschlagen. Die Chance klopft an. Ich habe keine Wahl, ich muss aufmachen.«

Er streifte ziellos durchs Zimmer. Aileen konnte die

Angst in seiner Stimme hören. Sie konnte sie in seinen Augen sehen.

Kaira hatte oft gesagt, dass sie ihn feuern würde, sobald sie achtzehn wäre. Wenn das passierte, würde sein Nachfolger, wer immer es wäre, die Unterschlagungen entdecken. Wenn aber jemand wie Billy Boy Kaira tötete, bevor sie achtzehn war, würde ihre Mutter all ihr Geld erben. Jerome, der Ehemann ihrer Mutter, würde weiterhin die Finanzen regeln.

»Sie ist keine goldene Gans!«, verkündete er. »Ich bin die goldene Gans! Wenn ich nicht wäre, würde sie immer noch im Kirchenchor singen. Ich habe sie zu dem gemacht, was sie ist, und genauso leicht kann ich auch einen neuen Star aufbauen.«

Sein Plan war, noch ein paar Jahre mit Kairas Mutter zu leben, um keinen Verdacht aufkommen zu lassen, und sich dann von ihr scheiden zu lassen und mit Aileen zu leben. Aber das war nicht Aileens Plan. Sie hatte nicht die Absicht, das große Geld, die Chance ihres Lebens, mit diesem egozentrischen Irren zu teilen.

Deshalb buchte sie zusätzlich zu dem Flugticket für Theodore Johnson auch eins für sich selbst, erst nach Portland und dann weiter nach Costa Rica.

Der Name in ihrem Pass lautete Denise Linaria.

Eines stand fest. Sie wollte nicht in der Nähe von San Francisco sein, wenn Theodore Johnson dort ankam.

* * *

Das Konzert an diesem Abend fand in einem Freilufttheater statt, das an einem Hügel lag. Kaira wartete auf dem Innenhof. Die Luft, die vom Meer herüberwehte, war kühl und dunstig. Sie konnte die Blumen riechen, die rund um das alte Missionsgebäude von Santa Barbara blühten.

Sie konnte es nicht glauben, dass sie Theodore in nur drei Tagen wiedersehen würde. Aileen hatte das Ticket gebucht. Fast hätte sie Aileen deswegen wieder gemocht.

Mehr als einmal war sie kurz davor gewesen, ihrer Mutter das mit Aileen zu erzählen, aber sie brachte es nicht über sich. Nicht nur, dass sie ihrer Mutter nicht wehtun wollte. Sosehr sie es hasste, es zuzugeben, die traurige Wahrheit war, dass sie, Kaira, El Genius *brauchte.* Trotz all ihrer Wutanfälle wusste sie insgeheim, dass sie ihn niemals feuern würde. Ohne ihn wäre sie verloren.

Sobald das Konzert angefangen hatte, gelang es ihr, alle Gedanken an ihre Mutter und an El Genius zu verdrängen und in der Musik zu verschwinden. Unter dem freien Himmel schien ihre Stimme bis hoch zu den Sternen zu schweben. Und niemand, weder das Publikum noch die Band, hörte, dass sie diesmal wirklich sang:

Rette mich, Deo!
Ich bin ein Mädchen in Not.

26.

Ganz gegen seine Gewohnheit trug Jack Dunlevy Jackett und Krawatte. Deo sagte, er sehe toll aus, aber Jack grummelte nur etwas von einem zu engen Kragen. Er musste zu einer Besprechung bei der Bürgermeisterin.

Sie kamen zu einem Haus, wo sie vor zwei Monaten ein Bewässerungssystem installiert hatten. Jetzt gab es ein Leck. »Es ist irgendwo rechts im Vorgarten«, sagte ihm sein Boss.

»Von mir aus oder vom Haus aus?«, fragte Deo.

»Was?«

»Ich meine, ist es rechts, wenn ich auf der Straße stehe und zum Haus blicke oder wenn ich vom Haus zur Straße sehe?«

»Find das verflixte Leck einfach und reparier es!«

Er war gereizt wegen der Besprechung und fühlte sich außerdem in seinem Aufzug nicht wohl. Dazu kam, dass er für die Reparatur nicht bezahlt werden würde, egal, wie es zu dem Leck gekommen war. Deo aber bekam trotzdem seinen Lohn.

Er fuhr zur Besprechung, und Deo sah sich den Garten an. Das Leck zu finden, würde nicht einfach sein. Womöglich musste er jeden einzelnen Zentimeter Leitung dazu freilegen.

Er wollte schon anfangen, als er auf einen Berglorbeer vorne an der Ecke des Hauses aufmerksam wurde. An den konnte er sich nicht erinnern.

Ihm war natürlich klar, dass er in letzter Zeit sicher an vierzig Häusern gearbeitet hatte und sich bestimmt nicht an jeden Busch erinnern konnte. Trotzdem, irgendwo musste er ja anfangen.

Er brauchte keine zehn Minuten, um das Leck zu finden. Wer immer den Berglorbeer gepflanzt hatte, hatte dabei mit seiner Schaufel die Leitung beschädigt.

Er sägte einen halben Meter defekter Leitung heraus und fügte ein neues Stück ein. Der Kleber musste erst trocknen, bevor er die Leitung überprüfen konnte, und so setzte er sich ein Weilchen in den Schatten. Unten fuhr ein Wagen vor.

Er nahm an, dass jemand den Hausbesitzer besuchen wollte, und brauchte einen Moment, um zu begreifen, dass der Mann, der auf der Fahrerseite ausstieg, Felix war. Und der daneben mit dem Cowboyhut Moses.

Moses zog jemanden vom Rücksitz. X-Ray hatte einen blauen Fleck rechts im Gesicht und war ohne Brille. Sein Hemd war zerrissen.

Deo stand auf. »Bist du okay, X-Ray? Was ist denn los?«

»Alles cool«, sagte X-Ray, während Moses ihn vor sich her stieß. »Sie wollen mit dir sprechen.«

Mit seinem Mund schien was nicht zu stimmen, er lispelte leicht.

»Wo ist seine Brille?«, fragte Deo.

Moses zog X-Rays Brille aus seiner Hemdtasche, hielt sie einen Moment hoch und ließ sie auf den Rasen fallen.

»Hast du schon gehört?«, sagte Felix. »Jemand hat gefälschte Karten verkauft. Eine Polizistin war deswegen bei mir. *Bei mir?* Ich habe im Leben noch keine falschen Karten verkauft. Das ist schlecht fürs Geschäft. Natürlich könnte ich so schnell was einstreichen, aber dann würde ich nie wieder was verkaufen. Mein Geschäft basiert auf Vertrauen, versteht ihr?«

»Ich hab dir doch gesagt, sie glaubt nicht, dass du es warst«, sagte X-Ray.

Moses schlug ihm seitlich vor den Kopf. »Und ich hab dir gesagt, du sollst die Schnauze halten«, sagte er mit seiner hohen Stimme.

»Habt ihr in letzter Zeit mal in die Zeitung geguckt?«, fragte Felix. »Die Bürgermeisterin hängt voll an der Sache dran. Wir müssen den Verkauf von gefälschten Karten unterbinden! Was glaubt ihr, bedeutet das für mein Geschäft?«

»Die Leute trauen dir, Felix«, sagte X-Ray. »Du bist überall bekannt. Jeder Hotelan…«

»Schnauze!«, sagte Moses.

Felix fuhr fort. »Sie überlegen sogar schon, ob sie nicht grundsätzlich jeden Weiterverkauf von Karten gesetzlich verbieten sollen.«

»Das können sie nicht«, sagte X-Ray. »Das wäre gegen die Verfassung.«

Moses verpasste ihm noch eins. »Mann, kapierst du's nicht?« Er wandte sich Deo zu. »Wie kommst du nur mit diesem Kerl klar?«

»Weißt du, was mich die Polizistin gefragt hat?«, sagte Felix. »Willst du ihre allererste Frage wissen? ›Wo ist Deo?‹ Das war ihre Frage. ›Wo wohnt er? Wie ist seine Telefonnummer?‹ Und ich denke nur: *Wer zum Teufel ist*

Deo? Aber dann kommt es mir. Ich erinnere mich an die beiden Burschen, die wir bei der Lonestar Arena getroffen haben. Hatten mir gefallen, die beiden. Schienen ganz coole Typen. Und ich sage ihr, dass ich noch nie von jemandem gehört habe, der Deo heißt.«

»Das wissen wir zu schätzen«, sagte X-Ray.

»Schnauze!«

»Weißt du, was passiert, wenn die Leute kein Vertrauen mehr haben? Sie kriegen Angst und wollen keine Karten mehr kaufen. Die Nachfrage sinkt, und die Preise gehen in den Keller. Ich nehme also an, Deo, dass mich deine beiden kleinen falschen Karten runde zweitausend Dollar kosten werden.«

»Deo wusste nichts davon«, sagte X-Ray.

Moses wollte ihn wieder schlagen, aber Deo machte einen Schritt vor. »Fass ihn nicht an.«

»Oh, wirklich?«, sagte Moses und lächelte. »Was willst du dagegen tun?«

»Jetzt kommt mal wieder runter«, sagte Felix. »Und du hörst mir zu, Deo. Ich könnte Detective Zuckermaul einfach anrufen und ihr erzählen, was ich weiß, aber was bringt mir das?«

»Nichts«, sagte X-Ray.

»Nichts«, stimmte ihm Felix zu. »Der Schaden ist längst da. Aber vielleicht könnten wir uns ja gegenseitig helfen? Du hilfst mir, mein Geld zurückzubekommen, und verdienst dabei auch noch ein bisschen was für dich.«

»Was meinst du damit?«, fragte Deo und hielt die Augen auf Moses gerichtet.

»Kaira DeLeons Brief. Ich gebe dir hundertfünfzig dafür.«

»Nein, den verkaufe ich nicht«, sagte Deo entschlossen und warf X-Ray einen vernichtenden Blick zu.

Felix lächelte. Er wandte sich Moses zu. »Sieh mal an. Da hat unser lieber X-Ray mal nicht gelogen.«

»He, ich habe dich nie angelogen«, sagte X-Ray. »Da, wo ich herkomme, lügt man nicht.«

Ein Pick-up hielt hinter Felix' Wagen.

»Hör zu, Deo, du hast zwei Möglichkeiten: Entweder verkaufst du mir den Brief oder ich rede mit Detective Zuckermaul. Du hast die Wahl. Alle gewinnen – oder alle verlieren.«

Jack Dunlevy stieg aus dem Pick-up. Jackett und Krawatte waren verschwunden.

»Du hast vierundzwanzig Stunden«, sagte Felix und gab Deo eine Karte mit seiner Telefonnummer. »Übrigens, heißt du Habib?«

Deo antwortete nicht.

Moses trat mit seinem Stiefel einmal fest auf X-Rays Brille. Dann gingen er und Felix zum Wagen zurück, gerade als Jack Dunlevy auftauchte.

»Entschuldige, Mann«, sagte X-Ray. »Tut mir echt Leid. Ich habe ihm nur von dem Brief erzählt, weil ich erklären wollte, dass am Ende keiner wegen den falschen Karten wirklich Schaden erlitten hat.«

»Mann, du redest manchmal einfach zu viel«, sagte Deo.

»Stimmt«, sagte X-Ray. »Ich rede zu viel.«

Deo hob X-Rays Brille auf. Der Rahmen war verbogen und ein Glas lose, aber das ließ sich reparieren.

»Mach einfach, was du für richtig hältst«, sagte X-Ray. »Kümmere dich nicht um mich. Wenn sie mich wieder einlochen, ist es meine eigene Schuld.«

Jack Dunlevy kam zu ihnen. »Ich bezahle dich nicht dafür, dass du da stehst und mit deinen Freunden plauderst«, sagte er, klang aber nicht wirklich ärgerlich.

»Ich habe das Leck repariert«, erklärte ihm Deo. »Ich warte nur, dass der Kleber trocknet, damit ich einen Testlauf machen kann.«

Sein Boss sah sich auf dem fast völlig unbeschädigten Rasen um.

Deo erzählte ihm von dem Berglorbeer.

Jack Dunlevy lächelte und drehte sich zu X-Ray um. »Siehst du, deswegen kriegt dein Kumpel eine Lohnerhöhung, und ich befördere ihn. Der Kerl hat mehr als nur einen kräftigen Rücken. Der kann auch denken.«

Die Besprechung war erfolgreich verlaufen. Jack Dunlevy erzählte Deo, dass er den Auftrag erhalten hatte, den Park um das Theaterzentrum neu anzulegen. Und das mit der Lohnerhöhung und der Beförderung war auch kein Witz. »Du bekommst deine eigene Truppe. Am Wochenende fangen wir an.«

Er wandte sich X-Ray zu. »Und was ist mit dir passiert? Waren das die Kerle gerade?«

»Ich bin schon okay.«

»Du suchst nicht zufällig einen Job? Sechs fünfzig die Stunde?«

»Aber ja, das klingt gut«, sagte X-Ray, und Deo konnte sich nur wundern. »Aber ich sollte Ihnen von Anfang an die Wahrheit sagen. Ich bin vorbestraft.«

»Warst du auch in Green Lake?«

»Ja, Sir. Da habe ich Theodore kennen gelernt.«

Deo hätte beinahe laut losgelacht. Es hörte sich zu komisch an, wenn X-Ray seinen richtigen Namen aussprach.

»In dem Fall gibt es sieben Dollar die Stunde«, sagte Jack Dunlevy. »Ihr Jungs seid die schnellsten Buddler, die ich kenne.«

27.

Deos Wirtschaftslehrer hatte der Klasse einmal die Geschichte von einem Esel erzählt, der genau zwischen zwei identischen Heuhaufen stand. Da er keinen Grund hatte, warum er den einen Heuhaufen dem anderen vorziehen sollte, blieb er dort in der Mitte stehen, bis er verhungert war.

Alle in der Klasse sagten, dass ein Esel das nicht tun würde, aber darum ging es nicht. Wobei – worum es wirklich ging, daran konnte sich Deo nicht mehr erinnern. Wie vieles von dem, was er im Wirtschaftsunterricht lernte, sagte ihm auch diese Geschichte nichts über die Welt, in der er lebte.

Trotzdem blieb ihm das Bild des Esels das ganze Jahr über im Kopf. Er wurde es einfach nicht los. Immer tiefer hingen dem Esel seine langen Ohren herunter, und auch der Kopf senkte sich weiter und weiter, während er zusehends abmagerte. Deo wollte ihn anschreien: »Jetzt entscheide dich schon für einen und friss was!«

Endlich begann er zu verstehen, wie sich der Esel gefühlt haben musste.

Er lernte nicht für seine Prüfung. Er rief Felix nicht an. Er erzählte seinen Eltern nicht, dass ihn Kaira DeLeon nach San Francisco eingeladen hatte, und seinem Boss sagte er nicht, dass er am Wochenende keine Zeit zum Arbeiten hatte.

Das war mit Sicherheit genau das, was Kaira wollte – dass ihr Brief von Millionen Leuten im Internet gelesen werden konnte. Aber wenn er Felix den Brief nicht verkaufte, würde X-Ray womöglich ins Gefängnis wandern. Und er selbst vielleicht auch. Und wenn er nach San Francisco fuhr, fiel er durch die Prüfung.

Er wusste nicht, was er machen sollte.

Also tat er gar nichts – wie der Esel zwischen den zwei Heuhaufen.

28.

Die Nacht von Donnerstag auf Freitag tat er kein Auge zu, doch als er morgens aufstand, hatte er einen Plan. Der löste zwar nicht alle Probleme auf einmal, aber wenigstens hatte er sich entschieden. Ihm war klar, dass nicht alles gleichzeitig ging. Er konnte es nicht allen recht machen.

Er rief Felix an, ging zur Schule und machte seinen Abschlusstest im Freien Sprechen. Er war so lächerlich einfach, wie er geahnt hatte, man musste nur verschiedene Antworten ankreuzen und entscheiden, ob zwei, drei Aussagen richtig oder falsch waren.

Zu Wirtschaft ging er nicht. Es hatte keinen Sinn. Er hatte die letzten drei Kapitel nicht mehr gelesen.

Er bedauerte es sehr, und als er die Schule verließ, war ihm richtig schlecht, aber er hatte eine Entscheidung getroffen und wusste, dass er sich jetzt auch daran halten musste. Es tat ihm auch Leid, dass er Jack Dunlevy im Stich ließ. Andere Leute beschwerten sich immer über ihre Chefs, Jack aber war immer mehr als fair zu ihm gewesen.

Aber wenn dich jemand wie Kaira DeLeon nach San Francisco einlädt, wie könntest du dann nicht hinfahren?

Er konnte sie in seinem Kopf singen hören.

Got no rear view mirror,
And none on either side.
Ain't no lookin' back, babe,
When I take you for a ride!

Ich habe keinen Rückspiegel,
Kann auch links und rechts nichts sehen.
Da wird nicht zurückgeguckt, Baby,
Wenn wir unsere Runde drehen.

Wenn alles gut ging, musste er vielleicht nie wieder arbeiten. Ob er nun seinen High-School-Abschluss machte oder nicht, würde dann, verdammt nochmal, nicht viel bedeuten. Auf der Straße hupte es. Er sah, wie ein Auto mit quietschenden Reifen die Richtung wechselte und auf ihn zukam. Es hielt neben ihm am Bordstein, und sein hinterer Teil reichte schräg auf die Straße hinaus.

Felix und Moses stiegen links und rechts aus.

»Ich will den Brief«, sagte Felix.

»Ich hab's dir gesagt. Du kriegst ihn am Montag.«

»Ich weiß, was du gesagt hast, aber ich mag es nicht, wenn man mich hinhält. Mit mir läuft das nicht.«

»Ich halte dich nicht hin. Hör zu, es ist genau, wie du gesagt hast: Wenn du mit der Polizei redest, verlieren wir alle. Wenn du bis Montag wartest, gewinnen alle.«

Moses' Faust traf ihn am Kopf, und er wankte zurück.

Deo konnte sich gerade noch auf den Beinen halten. Er hob die Hände, die Handflächen nach vorn gerichtet. »Warte nur bis Montag.«

Moses wollte nicht warten. Er ging erneut auf ihn los, aber diesmal sah Deo ihn kommen. Er duckte sich unter seiner Faust weg und rannte wie ein Bulle mit dem Kopf voraus in ihn hinein.

Moses verlor seinen Cowboyhut, schlug rückwärts gegen den Wagen und zertrümmerte einen der Scheinwerfer.

Er hatte Glück, dass der Scheinwerfer zersprang, und nicht sein Kopf.

Moses rappelte sich hoch, rieb sich die Hände und grinste. Deo machte sich bereit. Moses machte einen Schritt auf Deo zu, täuschte einen Schwinger mit der rechten Faust vor und boxte ihm mit aller Kraft mit der Linken in den Bauch.

Deo klappte zusammen, konnte die nächste Attacke aber wieder abwehren, und dann lagen sie beide auf der Erde und rollten mit fliegenden Fäusten in den Rinnstein. Deo steckte ein paar Treffer an den Kopf ein, aber Moses' Schläge wurden schwächer, während Deo immer kräftiger zuschlug.

Wieder hupte es, und Deo sah eine lange weiße Limousine mitten auf der Straße stehen. »Ich habe die Polizei angerufen!«, rief der Fahrer und deutete auf sein Handy.

Deo richtete sich auf, trat ein paar Schritte zurück und sah, wie die Limousine die Straße hinunterfuhr und an der Ecke abbog.

»Gib mir bis Montag Zeit«, sagte er. »Dann kriegst du den Brief.«

Moses zog sich am Rückspiegel des Wagens hoch.

Sein Cowboyhut lag auf der Erde, weiß, mit einem braunen Band. Deo musste an X-Rays Brille denken und trat mit dem Fuß darauf.

Den Rest des Wegs nach Hause ging er zu Fuß, ohne sich ein einziges Mal umzublicken.

Die weiße Limousine parkte vor seinem Haus. Der Fahrer stand daneben, aber als er Deo sah, stieg er schnell ein und verriegelte die Türen.

Deo klopfte ans Fenster.

Der Fahrer zeigte ihm sein Handy und fing an zu wählen.

»Ich bin's! Theodore Johnson. Ich bin der, den Sie hier abholen sollen. Ich packe nur eben meine Sachen.«

Er lief ins Haus und war sich nicht sicher, ob der Fahrer noch da sein würde, wenn er zurückkam. Als er sich im Spiegel sah, bekam er einen Schreck. Er sah aus wie ein Wilder. Schweiß und Blut tropften ihm vom Gesicht auf die zerrissenen Kleider. Deo selbst hätte auch die Straßenseite gewechselt, wenn er sich hätte kommen sehen.

Zeit zu duschen blieb ihm nicht. Er zog das Hemd aus, bespritzte sich Gesicht und Oberkörper schnell mit kaltem Wasser und sprühte sich mit Sploosh ein. Ein Knöchel der linken Hand blutete, und er klebte ein Pflaster darauf.

Dann zog er ein frisches Hemd an und packte drei andere in seinen Rucksack, zusammen mit einer zweiten langen Hose, Socken und Unterwäsche.

In der Schublade unter seinen Socken lagen Kairas Brief und das Geld von den Karten, fast eintausend Dollar. Er nahm alles mit, auch den Brief.

Als er in die Küche kam, sah er ein bisschen überrascht, dass die Limousine tatsächlich noch draußen stand. Auf den Notizblock am Telefon schrieb er eine Nachricht:

Liebe Mom, lieber Dad,
Sonntagabend bin ich wieder da. Ich muss das einfach tun. Macht euch keine Sorgen.
T.

Er wusste nicht, was er sonst schreiben sollte. Eigentlich sollte er auch Jack Dunlevy anrufen, aber ihm blieb keine Zeit. Vielleicht vom Flughafen aus. Er nahm seinen Rucksack und ging nach draußen.

Der Fahrer der Limousine stieg aus und öffnete ihm die Tür. »Willkommen, Mr Johnson«, sagte er. »Tut mir Leid, dass ich nicht gleich wusste, wer Sie sind.«

»Ich bin froh, dass Sie noch da sind«, sagte Deo und ließ sich auf der Rückbank nieder.

»Sie haben hinten Wasser und eine Zeitung«, sagte der Fahrer.

»Danke.«

Der *Austin American Statesman* lag auf dem Sitz neben ihm, und in Getränkehaltern standen zwei Wasserflaschen. Die erste davon hatte er schon ausgetrunken, als sie den Highway erreichten.

In Griffweite über ihm war ein Radio und die Temperaturkontrolle. Deo studierte die einzelnen Knöpfe und stellte die Klimaanlage auf MAX.

»Ich habe einen Umschlag mit Ihren Reiseunterlagen dabei«, sagte der Fahrer. »Offenbar funktioniert Ihr Fax nicht.«

Deo lächelte.

Kairas Stimme klang aus dem Radio.

A sad circus clown who has hopes to inspire
The love of the long-haired,

blue-spangled trapeze highflyer,
Kicks off his floppy shoes and changes attire,
Just like Clark Kent, or Toby Maguire,
And goes up the circus ladder, higher and higher,
'Cause a clown is someone she could never admire,
But there ain't no net beneath the high wire.
Nearing the top, he starts to perspire.
He's climbing out of the frying pan …
And into the fire!

Der traurige Clown, der so hofft auf die Liebe
Der langhaarigen Trapezkünstlerin hoch im Getriebe
Des Zelts, klettert immer weiter hinauf ins Licht,
Denn den Clown tief unten, den sähe sie nicht.
Aber das Seil hat kein Netz, nichts ist mehr geheuer,
Er klettert und klettert, diese Liebe wird teuer.
Klettert raus aus seiner Pfanne …
direkt ins Feuer!

29.

Am Eincheckschalter war eine lange Schlange, aber er schwebte daran vorbei zum Schalter der ersten Klasse. Dort musste er nicht warten, und die junge Frau nannte ihn Mr Johnson.

Er ging durch die Sicherheitsschleuse, ohne extra durchsucht zu werden, was ihn wunderte, denn ein älterer Mann mit Glatze und Brille wurde von oben bis unten abgetastet, und Deo selbst sah bei weitem gefährlicher aus als dieser Mann.

Ein paar Stunden später flog er über die Rocky Mountains und aß Karamelleis mit warmen Pekannüssen. Der Mann neben ihm stammte aus San Francisco.

»Haben Sie mal ein Erdbeben erlebt?«, fragte Deo.

»Schon viele. Kein Grund, sich deswegen Sorgen zu machen. Setz dich einfach unter einen Tisch oder stell dich in eine Tür, bis die Wackelei aufhört.«

Deo sah sich schon unter einem Tisch kauern, von der Decke fielen Steine und Mörtel und überall um ihn herum taten sich Löcher im Boden auf.

Das Flugzeug landete zehn Minuten früher als geplant, genau um ein Uhr Ortszeit. Deo fuhr mit der Rolltreppe hinunter zur Gepäckausgabe, wo er einen Mann mit einem

Schild entdeckte, auf dem »Theodore Johnson« stand. Der Mann hatte einen Gepäckwagen, aber Deo hatte nur seinen Rucksack, den er selbst zur wartenden Limousine trug.

Draußen war es warm und sonnig, aber längst nicht so drückend wie in Texas, und als sie eine knappe halbe Stunde später vor dem Wellington Arms Hotel in San Francisco vorfuhren, war sogar Nebel aufgezogen und es war richtig kalt geworden. Kaum zu glauben, dass es Mitte Juli war. Er wünschte, er hätte eine Jacke mitgenommen.

Ginny wird das alles nie glauben, dachte er und atmete tief die Meeresluft ein. Es war fast so, als wäre die ganze Stadt mit einer riesigen Klimaanlage ausgestattet. So frisch war die Luft in Texas nie, wo man eher glauben konnte, dass ständig dieselbe Luft auf einem lastete, den ganzen Sommer über, und von Minute zu Minute schaler und abgestandener roch.

Ein Page fragte, ob er beim Gepäck helfen könne, aber Deo sagte: »Danke«, und zeigte ihm seinen Rucksack. Mehr habe er nicht.

Als er durch die Drehtür trat, hatte er das Gefühl, in einen Palast zu kommen. Wieder musste er an Ginny denken. Er wünschte, sie könnte das jetzt sehen. »Gewaltig« und »eindrucksvoll« – das waren die Worte, mit denen er ihr davon erzählen würde. Überall hingen riesige Kronleuchter und reich verzierte Spiegel. »Reich verziert«, das würde er auch sagen.

Eine schlanke, orientalisch aussehende Frau in einem blauen Hosenanzug kam auf ihn zu: »Mr Johnson?«

»Ja, das bin ich.« Sie war die vierte Person, die ihn heute »Mr Johnson« nannte.

»Wir freuen uns, Sie in unserem Haus begrüßen zu dürfen. Mein Name ist Nancy Young.«

Er schüttelte ihr die Hand. Auf einem Schild an ihrem Blazer stand »VIP-Gästebetreuung«.

»Lassen Sie es mich wissen, wenn Sie etwas brauchen.« Sie gab ihm einen Umschlag mit dem Schlüssel zu seinem Zimmer und der Minibar. »Ihr Zimmer liegt im einundzwanzigsten Stock. Alles ist für Sie vorbereitet. Brauchen Sie einen Träger?«

»Nein, ich habe nur den Rucksack. Das ist alles.«

Sie erklärte ihm, dass er auf einem nicht allgemein zugänglichen Stock wohne und seinen Zimmerschlüssel auch für den Aufzug brauche. »Soll ich Ihnen zeigen, wie es funktioniert?«

»Nein, das wird schon gehen.« Er überlegte kurz, ob er sie fragen sollte, was im Falle eines Erdbebens zu tun war, wollte aber nicht wie ein Angsthase dastehen. Der einundzwanzigste Stock lag ziemlich weit oben. Unter den Tisch zu kriechen würde nicht viel helfen, wenn das ganze Gebäude zusammenkrachte.

Er sah sich nach dem Aufzug um und ging dann in die falsche Richtung los. Nancy Young hielt ihn zurück. »Die Aufzüge sind gleich da drüben«, sagte sie.

Jetzt, wo er sie sah, fragte er sich, wie er sie hatte übersehen können. »Entschuldigen Sie, ich war noch nie in diesem Hotel.«

»Ja, dann ist es ziemlich verwirrend«, sagte sie und klang dabei absolut nicht überheblich.

Sie brachte ihn zum Aufzug und zeigte ihm auch gleich, wie er den Zimmerschlüssel, der wie eine Kreditkarte aussah, in einen Schlitz stecken und so zum einundzwanzigsten Stock fahren konnte.

»Einen angenehmen Aufenthalt in unserem Haus.«

Sein Zimmer war in Wirklichkeit eine Suite mit zwei Räumen. Eine Früchte- und Käseplatte stand auf dem Kaffeetisch in seinem Wohnzimmer, mit freundlichen Grüßen des Hotels.

Er schnitt sich ein Stück sehr harten Käse ab und belegte damit einen Cracker. Der Käse schmeckte bitter, aber er nahm an, das musste so sein. Schnell aß er ein paar dunkle Trauben.

Es gab zwei Fernseher, in jedem Zimmer einen, und insgesamt fünf Telefone. Zwei in jedem Zimmer und eins im Bad. »Also das hat Klasse«, sagte er, als er das Telefon im Bad sah, das direkt neben der Toilette angebracht war.

Er duschte gerade und hatte das Haar voller Jasmin-Avocado-Shampoo, als das Telefon klingelte. Kein Problem. Er öffnete die Schiebetür der Dusche und griff nach dem Hörer.

»Hallo?«

»Du bist da! Warum hast du nicht gleich angerufen?«

»Ich mach mich nur schnell frisch.«

»Beeil dich. Ich warte schon den ganzen Tag! Gott, ich kann's kaum glauben, dass du wirklich da bist. Ich muss dich unbedingt sehen. Ich werd ganz verrückt!«

»Ich auch.«

»Ruf an, wenn du fertig bist. Ich habe Zimmer 2122. Mein Name ist Lisa Simpson.«

Er spülte das Shampoo aus, putzte sich die Zähne und nahm etwas von dem Mundwasser, das neben dem Waschbecken stand, um den Käsegeschmack aus dem Mund zu bekommen. Zum ersten Mal seit fast zwei Monaten zog er sich eine lange Hose an und wählte dann die Nummer von Lisa Simpson, die sagte, sie sollten sich unten in der Halle treffen.

Auf dem Weg zum Aufzug kam ihm Kairas Manager entgegen. »Willkommen, du musst Theodore sein.«

»Ja, Sir.«

Deo hatte ihn bisher zweimal gesehen, einmal beim Konzert und dann unten im Four Seasons.

»Ich bin Jerome Paisley, Kairas Vater.« Er streckte seine Hand aus.

Deo erinnerte sich, dass Kaira gesagt hatte, ihr Manager habe ihre Mutter geheiratet. Aber sie hatte ihn nie als ihren Vater bezeichnet. Er schüttelte seine Hand. »Hattest du einen guten Flug?«

»Ja, sehr gut«, sagte Deo. »Vielen Dank, dass Sie mich eingeladen haben.« Der Mann lächelte. »Gern geschehen. Brauchst du noch irgendwas?«

»Nein, vielen Dank. Alles super. Vielen Dank.«

»Magst du Baseball?«

Die Frage überraschte Deo. »Ich glaube schon.«

»Gut, dann musst du dir unbedingt was ansehen.«

Deo hatte keine Wahl, er musste mit Kairas Manager in dessen Suite gehen. Er wollte nicht unhöflich sein.

Jerome Paisley öffnete die Tür zu seinem Hotelzimmer. »Ich öffne die Tür. Du gehst einfach rein«, sagte er.

Das war seltsam, und er sagte es auf eine seltsame Weise, doch Deo trat ein.

Die Suite war genau wie die von Deo. Kairas Stiefvater schob eine Schranktür auf und holte einen Baseballschläger hervor. Er hielt ihn am dicken Ende. »Sieh dir dieses Baby mal an«, sagte er.

Deo nahm den Schläger. »Cool.« Er wusste nicht, was er sonst sagen sollte.

»Sieh dir die Initialen an, B. B.«

Die Buchstaben standen über dem Label.

»Barry Bonds«, sagte Kairas Vater. »Komm schon, mach ein paar Schwünge.«

»Ist schon okay«, sagte Deo.

»Los doch, du wirst ihn schon nicht kaputtmachen.«

Deo nahm den Schläger, versicherte sich, dass er genug Raum hatte, und machte einen halben Schwung. Er kam sich ziemlich blöd vor.

»Fühlt sich gut an, was?«, sagte Jerome Paisley. »Mit dem Baby könntest du eine Menge Home Runs schlagen.«

Deo kannte sich mit Baseball nicht gut aus, aber er war ziemlich sicher, dass nicht der Schläger die Home Runs schlug, sondern der Spieler, der ihn schwang.

»Weißt du, ich habe selbst mal als Pro gespielt«, sagte Kairas Manager. »Eine Saison ganz oben, aber dann hat mir eine Verletzung die Karriere verdorben.«

Eine Saison war eine maßlose Übertreibung. Ganze achtzehn Tage hatte Jerome Paisley in den Major Leagues mitgespielt, im September, wenn die Mannschaften ihre Besetzung vergrößern dürfen. Und die so genannte Verletzung war mehr geistiger als körperlicher Natur gewesen. Nachdem er einen Ball ins Gesicht bekommen hatte, machte er automatisch bei jedem Schlag die Augen zu.

Deo legte den Schläger ab.

»Aber am Ende war es doch gut, wie's gekommen ist, oder? Sieh mich an. Ich mache heute mehr Geld als jeder Durchschnittsspieler. Und wie lange dauert so eine Spielerkarriere? Zehn Jahre, wenn du Glück hast. Da bin ich echt besser dran, was?«

Deo brauchte einen Moment, bis er begriff, dass Jerome Paisley eine Antwort erwartete. »Ja, Sir, Sie sind wirklich erfolgreich«, sagte er. »Hören Sie, ich muss jetzt gehen. Kaira wartet unten auf mich.«

»He, viel Spaß. Wollte dich nicht aufhalten.«

»Danke. Danke, dass Sie mir den Schläger gezeigt haben.« Er trat rückwärts aus der Suite und lief den Flur hinunter.

Mann, ist der komisch, dachte er, als er in den Aufzug stieg.

Kaira wartete unten am Aufzug. »Man sollte ein Mädchen nie warten lassen«, sagte sie. Sie war ganz in Flanell und Denim gekleidet, wie ein Holzfäller.

Fred stand nur ein paar Schritte entfernt, aber diesmal ließ Deo sich nicht aufhalten. Er ging direkt auf Kaira zu, umarmte sie und küsste sie auf die Lippen.

Sie küsste ihn auch und ließ den Kuss ein paar Sekunden einwirken. Dann lächelten sie sich an.

»Sagen wir, das Warten hat sich gelohnt«, flüsterte sie.

30.

»Du wirst noch erfrieren. Wieso hast du bloß keine Jacke mitgenommen?« Sie hielt ihn bei beiden Händen.

»Es ist Sommer. In Texas sind es etwa vierzig Grad.«

»Du bist hier nicht in Texas. Du bist hier bei mir.«

»Also du bist auch ganz schön heiß«, sagte Deo.

Sie rollte mit den Augen, lächelte aber. »Komm, wir kaufen dir im Hotelshop ein Sweatshirt oder so was.«

Sie ließ eine seiner Hände los, hielt die andere aber weiter fest und führte ihn hinüber in die Boutique, in der es lauter San-Francisco-Souvenirs gab.

Er guckte die Sweatshirts durch und versuchte eins zu finden, das nicht ganz so kitschig aussah, aber Kaira ging geradewegs auf eine dunkelgraue Wolljacke zu, die gut sichtbar ausgestellt war.

»Darin siehst du toll aus!«

Die Jacke war wirklich schön. Deo befühlte das Material, das so weich wie Kairas Flanellhemd war. Er wollte sie schon anprobieren, aber da sah er den Preis: neunhundertfünfundneunzig Dollar.

Er ging zurück zu den Sweatshirts, obwohl Kaira sagte, wegen des Preises solle er sich keine Sorgen machen. »Setz sie einfach mit auf die Zimmerrechnung, und die Tour bezahlt dafür.«

Deo suchte ein rotes Kapuzensweatshirt aus, auf dem San Francisco stand, und darunter war ein Cable Car abgebildet. Es kostete einhundertzwanzig Dollar, aber im Vergleich mit der Jacke kam es ihm wie ein Sonderangebot vor. Er ließ es auf die Zimmerrechnung setzen.

Kaira nannte ihn Rotkäppchen, als er die Kapuze aufsetzte, also nahm er sie wieder ab. »Wollen wir über die Golden Gate Bridge spazieren?«, fragte sie.

»Das klingt gut.«

Der Portier pfiff nach einem Taxi, und Kaira fragte den Fahrer, ob er den Weg zur Golden Gate Bridge kenne.

»Nie davon gehört«, sagte der Mann und zwinkerte Deo zu.

Deo setzte sich nach hinten, und Kaira kuschelte sich eng an ihn. »Du nimmst dein eigenes Taxi«, sagte sie zu Fred.

Sie fühlte sich so weich und kuschelig an wie eins von Ginnys Stofftieren.

Als sie auf die Straße bogen, fragte Kaira Deo nach einem Fünfzigdollarschein.

Offenbar war sie es gewöhnt, Leute um sich zu haben, die so viel Geld bei sich hatten, und es traf sich, dass Deo zum ersten Mal in seinem Leben gleich mehrere Fünfziger in der Tasche hatte.

»Okay, das Spiel geht so«, sagte sie zum Fahrer, dem sie Deos Fünfziger gab. »Der Kerl, der da hinter uns herfährt, ist ein totaler Idiot. Sobald Sie ihn abhängen können, lassen Sie uns raus und fahren dann weiter bis zur Brücke.«

»Das hat Stil«, sagte der Fahrer.

»Finde ich auch«, sagte Deo.

Kaira sang: *»Ich mag deinen Stil, und wie du mich ansiehst, macht mich ganz wild.«*

Deo wusste nicht, ob es ein richtiges Lied war oder ob sie es gerade erfunden hatte.

»Weißt du, dass du eine ziemlich gute Stimme hast?«, fragte der Fahrer.

Dann schwenkte das Taxi plötzlich seitwärts über drei Fahrbahnen, und Kaira lachte, als sie Deo auf den Schoß rutschte.

Der Fahrer sagte, sie sollten sich bereit machen, bog um eine Ecke und hielt vor einem in zweiter Reihe parkenden UPS-Wagen.

»Raus!«

Kaira öffnete die Tür und sprang. Deo hatte erst einen Fuß auf dem Asphalt, als der Fahrer schon wieder Gas gab. Er schlug die Tür zu, und Kaira fasste seine Hand, damit er nicht hinfiel.

Sie duckten sich hinter den großen UPS-Wagen und sahen, wie Fred mit seinem Taxi vorbeikam.

Jerome Paisley schob die Schlüsselkarte in den Schlitz und lächelte, als das grüne Licht aufleuchtete. Er sah noch einmal den Flur hinauf und hinunter, öffnete die Tür zu Deos Suite und trat schnell ein.

Er trug ein Paar Latexhandschuhe, wie sie auch Chirurgen benutzen. Schnell sah er sich im Wohnzimmer um und ging dann in den Schlafraum, wo Deos Sachen auf dem Boden verstreut lagen. Er hob einen verschwitzten Strumpf an, betrachtete ihn kurz und ließ ihn wieder fallen.

Im Bad lag Deos nasses Handtuch auf einem Haufen mit dem Frotteebademantel des Hotels. Die Zahnpastatube war offen, und ein weißer Zahnpastastreifen klebte am Waschbecken. Vor dem Spiegel lag eine Haarbürste.

Er nahm die Bürste, zog ein paar Haare heraus, die in den Borsten hängen geblieben waren, und steckte sie in einen einfachen weißen Umschlag.

Neben dem Mülleimer entdeckte Jerome Paisley ein blutiges Pflaster, grinste sein fettes Gesicht im Spiegel an, hob das Pflaster auf und steckte es ebenfalls in den Umschlag.

Er ging zurück ins Wohnzimmer. Aileen hatte ihm nicht nur Deos Schlüssel besorgt, sondern auch zwei zusätzliche Schlüsselkarten für Kairas Suite. Eine davon versteckte er zwischen den Kissen der Couch.

Als er ging, nahm er das Messer von der Früchte- und Käseplatte mit.

Sie liefen durch Chinatown, er hatte seinen Arm um ihre Schultern gelegt, sie ihren um seine Taille. Vor den kleinen Läden waren große Auslagen mit Früchten und Gemüse aufgebaut und engten die sowieso schon schmalen, überlaufenen Bürgersteige noch mehr ein. Lieferwagen parkten in zwei Reihen am Straßenrand, die Autos steckten im Stau fest, und die Leute schoben sich zwischen ihnen hindurch. Aber als sich Deo und Kaira bei der Pagode in der Grant Avenue küssten, hatten sie das Gefühl, allein auf der Welt zu sein.

Sie gingen weiter. Deo staunte über die vielen Leute und fragte sich, was für ein Leben sie wohl führen mochten. Er fühlte sich wie in einem anderen Land. Frauen brabbelten auf Chinesisch vor sich hin, während sie Melonen und Gemüse begutachteten, das er noch nie gesehen hatte.

»Sieh dir die an«, sagte er und zeigte auf grüne Bohnen, die gut dreißig Zentimeter lang waren.

»Ich mag nichts Grünes«, sagte Kaira.

Innen sah der Laden noch exotischer und geheimnisvoller aus als das Gemüse draußen auf dem Bürgersteig, aber er konnte sie nicht dazu bringen, mit ihm hineinzugehen. Sie fand die toten Enten eklig, die in einer langen Reihe im Schaufenster hingen.

»Ich find den Laden cool«, sagte er.

»Aber nur, weil du keine Ente bist«, sagte Kaira.

Sie einigten sich auf einen Souvenirladen, weil Deo Ginny etwas Chinesisches mitbringen wollte. Die Seidenpantoffeln, die es da gab, wären perfekt gewesen, aber er wusste nicht, was für eine Größe Ginny brauchte, und wie Kaira ganz richtig sagte, war es mit Pantoffeln schwieriger als mit T-Shirts – sie mussten genau passen.

Auf einem Ständer fand er ein Sweatshirt, das so wie das war, das er selbst trug. Es kostete nur neunzehn Dollar neunundneunzig.

»Es ist auch nicht das Gleiche«, sagte Kaira. »Es hat keine Kapuze.«

»Ist 'ne ganz schön teure Kapuze«, sagte Deo.

»Das ist nicht der einzige Unterschied«, sagte Kaira. »Fühl mal das Material.«

Für Deo gab es da keinen Unterschied, aber er sagte nichts.

Am Ende kaufte er Ginny einen Seidenschal, auf dem die Golden Gate Bridge vor blauem Himmel und grünem Ozean zu sehen war.

31.

»Gott, endlich kann ich wieder durchatmen«, sagte Kaira. Die vielen Menschen und die starken Gerüche Chinatowns hatten ihr zugesetzt. »Für einen Kaffee könnte ich jetzt sterben.«

Er glaubte ihr.

Sie waren im italienischen Teil der Stadt angekommen, der, wie Kaira sagte, North Beach hieß, also »Nordstrand«, obwohl Deo keinen Sand oder Wasser sehen konnte. Die Straßen waren voller italienischer Restaurants, Cafés, Buchhandlungen und anderer kleiner Läden. In einem wurden nur alte Postkarten verkauft.

»Es ist kein Strand«, erklärte Kaira. »Das Viertel heißt nur so.«

»Genau wie Camp Green Lake«, sagte Deo.

Sie gingen in ein Café, das in einem Souterrain lag. Dicke hölzerne Balken standen zwischen den Tischen und stützten die Decke. Das Holz glänzte matt und dunkel, als würde es schon seit fünfzig Jahren mit Kaffee getränkt.

Das Mädchen hinter der Theke hatte eine Träne unter das linke Auge tätowiert. Kaira bestellte einen doppelten Cappuccino.

»Für mich das Gleiche«, sagte Deo. Er wäre sich blöd

vorgekommen, wenn er an einem Ort wie diesem eine Cola bestellt hätte.

Der Kaffee kam in Tassen, die groß wie Suppenschüsseln waren, und obendrauf war Schlagsahne mit Schokoladenpuder. Kaira suchte noch eine Art Blätterteigzopf mit Schokolade aus, der groß genug für sie beide war. Sie nahm ihren Kaffee und den Kuchen und sah sich nach einem Tisch um.

»Neun Dollar und zwanzig Cent«, sagte das Mädchen hinter der Theke.

Deo staunte, wie fröhlich sie klang. Er zahlte mit einem Zehner und gab den Rest als Trinkgeld.

Kaira schüttete ein Tütchen Zucker in ihren Kaffee, als er sich zu ihr setzte. Ein anderes leeres Tütchen lag bereits in einer kleinen Kaffeelache neben ihrer Tasse.

»Ist es nicht toll hier?«, fragte sie. »Da drüben auf der Bühne haben die Leute der Beat Generation auf Bongos getrommelt und Gedichte vorgelesen.«

Die Bühne füllte eine Ecke des Raums aus und lag etwa dreißig Zentimeter erhöht. Im Moment war sie leer, aber an den Holzpfosten hingen Plakate, auf denen verschiedene Folksänger und Dichter angekündigt wurden, die in den nächsten Wochen hier auftreten würden.

Deo hoffte nur, dass die Holzbalken stark genug waren, um ein Erdbeben zu überstehen. Aber wenn sie schon seit der Zeit der Beat Generation hier standen, mussten sie etwas aushalten. Entweder das, oder sie würden beim nächsten kleinen Zittern zusammenbrechen.

Er versuchte, einen Schluck von seinem Cappuccino zu nehmen, wusste aber nicht recht, wie er das anstellen sollte, ohne die Nase in die Schlagsahne zu stecken.

»Ich würde gerne mal auf so einer kleinen Bühne singen. Ohne Lichteffekte, ohne Hintergrundsängerinnen und ohne blutsaugende Agenten und Geschäftsberater. Einfach da stehen und singen und dann einen Hut herumreichen, und jeder zahlt, was er will.« Ihre Augen fingen an zu leuchten. »Und du könntest mich auf der Gitarre begleiten!«

»Das wäre toll«, sagte Deo. »Nur dass ich nicht Gitarre spielen kann.«

Kaira lachte. Sie brach ein Stück von dem Blätterteigzopf ab, tunkte es in ihren Kaffee und steckte es in den Mund. »Oh, das schmeckt gut!« Das nächste Stück bekam Deo.

Der Kuchen war gut, aber ihre Fingerspitzen waren noch besser.

»Wie geht's Ginny?«

»Wie immer«, sagte er. »Gut.«

»Du gehst so toll mit ihr um«, sagte sie. »Ich bewundere das. Wirklich. Ich komme mit behinderten Kindern nicht so gut klar.«

Für Deo war Ginny nicht behindert.

»Hast du mal von der Stiftung ›Wünsch-dir-was‹ gehört?«, fragte sie ihn.

»Ich glaube, ja.«

»In ein paar Wochen soll ich einen Tag mit einem neunjährigen Mädchen verbringen, das bald an irgendeiner Krankheit stirbt. Es war ihr Wunsch!«

»Das ist wirklich nett von dir«, sagte Deo.

Er nahm einen Schluck von seinem Kaffee und wischte sich die Sahne mit seiner Serviette von der Nase.

»Ich habe Angst davor«, sagte Kaira. »Ich weiß, das klingt, als wäre ich ein schlechter Mensch, aber wenn ich mit so jemandem zusammen bin, fühle ich mich schrecklich. Mein Manager sagt, es ist eine gute Publicity. Dabei weiß ich gar nicht, was sie von mir will! Ich bin doch nur eine Sängerin. Es ist doch nicht so, als könnte ich Krebs heilen.«

»Sie erwartet bestimmt nicht, dass du sie heilst«, sagte Deo. »Sieh ihr einfach in die Augen. Gib ihr das Gefühl, dass es sie gibt.«

Kaira sah Deo in die Augen.

»Genau so«, sagte er.

Sie lächelte und sagte: »Du bist so wundervoll.«

»Nein, bin ich nicht«, sagte er.

»Bist du doch«, sagte Kaira.

Er griff über den Tisch nach ihrer Hand. »Ich muss dir etwas erzählen«, sagte er.

»Oh, mein Gott«, sagte Kaira gespielt. »Du bist auf einmal so ernst.«

»Es ist so …« Er wusste nicht, wie er anfangen sollte. »Du weißt doch, dass Ginny und ich bei deinem Konzert gefälschte Karten hatten?«

Ein Mann mit Hemd, Krawatte und einem Perlenohrring stand plötzlich an ihrem Tisch. »Sie sind doch Kaira DeLeon, oder?«

Kaira zögerte einen Moment, bevor sie es zugab. »Und das ist mein Freund Theodore.«

Der Mann würdigte Deo keines Blicks. »Meine Nichte spielt die ganze Zeit Ihre CD. ›The Fountain of Youth‹ heißt sie, richtig?«

»Ja«, sagte Kaira.

»Das ist die einzige CD meiner Nichte, bei der mir nicht schlecht wird.«

»Oh, da muss ich mich wohl bedanken«, sagte Kaira.

»Doch, wirklich. Für so überproduzierten Kommerzkram ist sie echt nicht schlecht.« Der Mann streckte den Arm vor Deos Gesicht aus. »Ich fühle mich sehr geehrt, Sie kennen zu lernen.«

Kaira schüttelte ihm die Hand.

Er gab ihr eine Serviette. »Würde es Ihnen etwas ausmachen …?«

Kaira zeigte ihm ihre leeren Hände, aber er hatte einen Stift dabei.

Sie signierte die Serviette.

»Danke. Vielen Dank. Meine Nichte wird sich freuen. Unterschreiben Sie auch noch eine für mich?«, fragte er dann und gab ihr noch eine Serviette.

»Entschuldige«, sagte Kaira, als der Mann wieder weg war.

Deo zuckte mit den Schultern.

»Was wolltest du mir also erzählen?«

Er war sich nicht mehr sicher, ob es der richtige Zeitpunkt war. Alle im Café schienen sie anzusehen.

»Wegen dem Konzert?«, half sie ihm weiter.

Deo holte tief Luft. »Also okay, hör zu. Du weißt doch, der Brief, den du mir geschickt hast.«

Kaira lachte. »Ja, ich glaube, ich erinnere mich. Mann, war der peinlich!«

»Richtig. Kannst du mir nicht einen anderen Brief schreiben? Einen, der nicht so peinlich ist?«

Kaira lächelte, beugte sich zu ihm hin und flüsterte: »Vielleicht wird er aber noch peinlicher.«

»Nein, das meine ich nicht. Einen, den du mir irgendwann dieses Wochenende schreiben könntest. Du musst ihn nicht schicken. Schreib ihn nur in deiner Handschrift und gib ihn mir.«

»Warum *das* denn?«

»Es gibt da jemanden, der ihn mir für hundertfünfzig Dollar abkaufen will.«

»*Was?*«

Das war nicht richtig herausgekommen. Er war es nicht gewohnt, Kaffee zu trinken, und seine Gedanken rasten wild durcheinander.

»Lass mich das erklären.«

»Ja, besser wär's.«

»Weißt du, die Karten, die hatte ich nicht von einem Schwarzmarkthändler. Na ja, im Prinzip schon, aber ich hatte sie nicht gekauft.«

»Jetzt verstehe ich überhaupt nichts mehr.«

»Weißt du, ich habe diesen Freund. Und der hat ein paar Karten weiterverkauft. Wir hatten insgesamt zwölf Karten für dein Konzert. Ich habe bezahlt und er hat sie verkauft, und den Gewinn haben wir uns geteilt.«

»Du bist ein Schwarzmarkthändler!«

»Mein Freund zumindest. Das heißt, er war einer. Und der hat mir die gefälschten Karten gegeben.«

»Dein Freund?«

»Aber jetzt ist da dieser Kerl, der es der Polizei erzählen will, es sei denn, ich verkaufe ihm deinen Brief. Also habe ich gedacht, wenn du einen anderen schreiben würdest, der nicht so peinlich wäre, könnte ich ihm den verkaufen, und mein Freund müsste nicht ins Gefängnis.«

»Warum schreibe ich dir nicht einfach zehn Briefe? Dann kannst du tausend Dollar verdienen!«

»Du verstehst mich nicht. Es geht nicht um das Geld.«

»Nein, du willst kein Geld. Du willst nur nicht, dass dein Freund eingesperrt wird.«

»Genau.«

»Und woher weiß *dieser andere Typ* von meinem Brief?«

»Mein Freund hat es ihm erzählt.«

»Das kann doch nicht wahr sein!«

»Du verstehst alles falsch.«

»Vielleicht solltest du *deinem Freund* sagen, er soll es mir erklären! Du bist wie alle anderen. Du willst nur Geld.«

»Was weißt du schon von Geld?«, fragte Deo. »Du hast doch keine Ahnung. Und du willst an Orten wie dem hier singen und einen Hut rumgehen lassen. Du wüsstest ja gar nicht, wie du so durchkommen könntest. Hier, kauf die Jacke. Sind ja nur tausend Dollar. Setz sie auf die Zimmerrechnung. Keinen Schimmer hättest du.«

»Ach nein?«, sagte Kaira. Sie stand auf. »Ich habe nur noch eine einzige Frage«, sagte sie. »Wer hat mich heute geküsst? Du oder *dein Freund*?« Sie nahm ihre Tasse und schüttete ihm das Gemisch aus Kaffee und Sahne über sein Sweatshirt.

Ein paar Leute applaudierten. Eine in rotes Leder gekleidete Frau rief: »Lass ihn sitzen, Mädchen!«

Genau das tat sie. Schon war sie aus der Tür.

Deo saß einen Moment lang da, säuberte sich mit einer Serviette und versuchte zu verstehen, warum Kaira glaubte, X-Ray hätte sie geküsst.

32.

Der Weg zurück zum Hotel war weit. Von Kaira weit und breit keine Spur. Er nahm an, dass sie ein Taxi genommen hatte. Geld hatte sie wahrscheinlich nicht dabei, aber im Hotel konnte sie jemanden rufen, der herunterkam und den Fahrer bezahlte.

Er ging durch Chinatown. Den genauen Weg kannte er zwar nicht, aber doch die grobe Richtung. Die Straßen waren steiler, als er sie in Erinnerung hatte, und nach einer Weile musste er sein Sweatshirt ausziehen, das voller Kaffeeflecken war, und es um die Hüfte binden. Das Geschenk für Ginny trug er in einer flachen Papiertüte.

Sollte er versuchen, mit Kaira zu reden, wenn er zurück ins Hotel kam, oder lieber einen Tag warten? Oder gleich zurück nach Austin fliegen? Auf jeden Fall würde er sich ziemlich eigenartig fühlen, wenn er das Wochenende im Hotel verbrächte, während sie sauer auf ihn war und alle von der Tour davon wussten. Vielleicht sollte er ihr einen Zettel schreiben und ihr für die wunderschöne Zeit danken.

Er hatte gedacht, es sei ein toller Plan, sie nach einem zweiten Brief zu fragen, aber letztlich hätte es auch nichts genützt. Detective Newberg war clever. Am Ende würde sie sowieso darauf kommen, dass er Deo war, ob Felix es ihr nun steckte oder nicht.

Er hatte einen zu großen Schritt machen wollen, und nun war alles weg: Schule, Arbeit – alles. X-Ray würden sie einsperren und ihn vielleicht auch.

Wofür? Für die Launen eines reichen, berühmten Mädchens.

Er hatte gedacht, dass er wirklich in sie verliebt sei, aber was wusste er schon? Es war noch gar nicht lange her, da war es das Gleiche mit Tatiana gewesen. In Wirklichkeit könnte die Hälfte der Mädchen aus der Schule sein Herz erobern. So viel brauchte es dafür nicht. Einfach nur ein Lächeln.

Aber hätte er sein Leben weggeworfen für eine von ihnen, oder lag es daran, dass sie reich und berühmt war? Er hatte ihr vorgehalten, dass sie eine Tausend-Dollar-Jacke einfach so auf die Zimmerrechnung setzen wollte, aber vielleicht war das ja der Grund dafür, dass er nach San Francisco gekommen war? Vielleicht wollte er so ein glamouröses Leben führen?

Nein, es war mehr als das. Das glaubte er zumindest. Jetzt war er sich nicht mehr sicher. Er war sich über gar nichts mehr sicher.

Und er hatte ihr gesagt, sie hätte keinen Schimmer! *Ich habe keinen Schimmer!*

Er holte tief Luft. Die kühle Meeresluft vermischte sich mit den exotischen Gerüchen Chinatowns.

Es ist ein besonderes Gefühl, an einem fremden Ort zu sein, ganz allein zwischen endlos vielen Menschen, selbst wenn man gerade den größten Fehler seines Lebens gemacht hatte. Oder vielleicht *besonders* dann, wenn man sich gerade sein Leben versaut hatte.

Von einem Chinesen, der kein Englisch sprach, kaufte er eine Art gedämpftes heißes Brötchen. Außen war es weich und ein bisschen wie ein Schwamm, aber drinnen war der beste Schweinebraten, den er je gegessen hatte.

Er musste an die Rede für Wilbur das Schwein denken: »Es wird der Welt den Frieden bringen, und wenn nicht, kriegt jeder wenigstens ein gutes Schinkensandwich.«

Vielleicht habe ich mein Leben ja versaut, dachte Deo, *aber wenigstens habe ich was wirklich gutes Chinesisches zu essen bekommen.*

Mit eiligen Schritten lief Fred den Fußgängerstreifen auf der Golden Gate Bridge entlang. Er bahnte sich mit den Ellbogen einen Weg durch die Menge und achtete nicht auf die bösen Blicke der langsam schlendernden Touristen. Sein Gesicht war angespannt. Er hatte Kaira noch nie zuvor aus den Augen verloren.

Jeder Fußgänger auf der Brücke, jeder Autofahrer war eine potenzielle Gefahr. Obwohl, was ihm am meisten Sorgen machte, war gar kein gefährlicher Fremder. Sicher, Theodore Johnson wirkte wie ein netter Junge, aber was wussten sie schon von ihm? Nicht viel, außer dass er ein vorbestrafter, gewaltbereiter Jugendlicher war.

Fred erreichte den ersten Brückenturm und hatte nun einen guten Blick auf die Leute vor ihm auf der Brücke. Er entdeckte jemanden mit einem roten Sweatshirt, aber die Person daneben trug eine gelbe Jacke und war zu groß.

33.

Während sie duschte, hörte Kaira *Gilligans Insel*. Im Bad gab es einen Lautsprecher, der direkt ans Fernsehen angeschlossen war. In etwas mehr als einer Stunde musste sie zum Konzert.

Ihr Gesicht war nicht nur vom Duschen nass, sondern auch, weil sie daran denken musste, dass nie jemand sie mögen würde, wie sie war. Alle sahen immer nur, *was* sie war.

Sie würde froh sein, wenn das Konzert losging und sie sich in ihre Lieder flüchten konnte. Über gebrochene Herzen und Enttäuschungen zu singen, würde ihr nicht schwer fallen. Und für die Liebeslieder musste sie sich eben wieder einen Märchenprinzen ausdenken.

Jerome Paisley klopfte an die Tür ihrer Suite, wartete einen Moment und schob den Kartenschlüssel ins Schloss. Er öffnete die Tür und steckte seinen großen Kopf ins Zimmer.

»Kaira?«, sagte er, aber nicht zu laut. Er hielt den Baseballschläger in der Hand. Seine Hände schwitzten in den Latexhandschuhen.

Er trat ein und zog die Tür leise hinter sich zu. Er hörte nur die Dusche und den Ton des Fernsehers.

Kairas Suite war größer als seine, hatte drei Zimmer und einen Kamin. Es ärgerte ihn, dass sie immer am besten untergebracht war.

Der Käpt'n schrie Gilligan an.

Jerome Paisley spürte, wie ihm das Blut im Kopf pochte, als er durch die Suite ging. Ihm wurde schwarz vor Augen, und er musste stehen bleiben, um tief Luft zu holen. Bis jetzt war alles nur ein Plan gewesen, ein Gedankenspiel von El Genius, aber ein Plan und seine Ausführung waren zweierlei.

Er nahm seinen Mut zusammen und ging weiter in Richtung Schlafzimmer. Er hielt sich kurz an einem der Bettpfosten fest, um die Balance wiederzufinden, und stellte sich vor der Badezimmertür auf. In der Dusche lief immer noch Wasser.

Plötzlich hörte er ein Klopfen. Aber es war nur seine eigene Hand, die so sehr zitterte, dass der Baseballschläger gegen die Wand schlug. Er hoffte, dass Kaira es nicht gehört hatte.

Deo war außer Atem, als er zurück ins Hotel kam. Bisher hatte er immer gedacht, dass es in Austin ganz schön rauf- und runterging, aber das war alles nichts, verglichen mit den Straßen in San Francisco. Eine von ihnen war so steil gewesen, dass der Bürgersteig wie eine Treppe anstieg.

Auf seinem Telefon blinkte das orangefarbene Lämpchen, das die aufgezeichneten Nachrichten anzeigte. Er ging ins Bad und wusch sich das Gesicht mit kaltem Wasser. Das Licht blinkte und blinkte auf allen fünf Telefonen.

Er ging ins Schlafzimmer, setzte sich aufs Bett und

nahm den Hörer ab. Entschlossen drückte er den Knopf für die Mailbox.

»Ich hasse dich nicht. Ich bin es nur leid, von allen immer nur benutzt zu werden. Warum solltest du anders sein?

Verkaufe den Brief ruhig. Es ist mir egal. Wirklich. Alle verdienen an mir, warum nicht auch du? Wie sollte mir übrigens was peinlich sein? Ich bin kein Mensch! Ich habe keine Gefühle! Ich bin nur ... Verschwinde einfach. Ich will dich nie wieder sehen!

Und ja, du hast Recht. Ich habe keine Ahnung. Aber du auch nicht.«

Das hätte er ihr auch sagen können.

Dann sagte eine andere Stimme:

»Das war Ihre letzte Nachricht. Um die Nachricht noch einmal zu hören, drücken Sie die 3. Um sie zu speichern, drücken Sie die 6. Um sie zu löschen ...«

Deo legte auf.

Kaira zog den Hotelbademantel an. Der Lautstärkeregler für den Badlautsprecher war neben dem Waschbecken. Sie machte die Musik leiser, weil sie jetzt nicht mehr die Dusche übertönen musste.

Sie trocknete sich das Haar mit dem Handtuch. Rosemary würde später kommen und sie zurechtmachen. Sie ließ das Handtuch auf den Boden fallen, öffnete die Tür und machte einen Schritt ins Schlafzimmer.

Jerome Paisley schloss die Augen.

Der Schläger prallte von ihrer Schulter ab und schlug ihr gegen die Kehle.

Kaira fiel gegen den Bettpfosten, und bevor sie noch überhaupt verstand, was vor sich ging, traf der Baseballschläger sie ein zweites Mal, diesmal gegen die Brust.

Sie fand sich auf dem Boden wieder und versuchte, unter das Bett zu kriechen, doch ein Brett versperrte ihr nach ein paar Zentimetern den Weg. Die Hotelleitung hatte es angebracht, damit keine Wertsachen unter das Bett rollen konnten.

Der Schläger traf sie im Nacken, genau unterm Schädel.

Sie bekam nur undeutlich mit, wie Jerome sie am Knöchel unter dem Bett hervorzog. Sie sah das schaurige Doppelbild ihres Managers/Stiefvaters – zwei Männer, die beide einen Baseballschläger über dem Kopf schwangen.

Aus dem Wohnzimmer war ein Geräusch zu hören, und dann ein Schrei.

Es hörte sich an wie der Idiot!

Jerome drehte sich um und schwang den Baseballschläger genau in dem Moment, als Fred auf ihn zustürzte. Der Schläger schlug hart gegen Freds Brustkorb, aber Fred ließ sich nicht aufhalten. Seine Hände schlossen sich um El Genius' dicken Hals, und die beiden Männer gingen zu Boden.

Kaira sah zu, wie der Schläger über den Boden und unter den Fernsehschrank rollte. Sie wollte schreien, bekam aber keine Luft. Sie versuchte, zum Telefon hinüberzukriechen, aber sie hatte nicht genügend Kraft, um sich vom Boden hochzustützen.

Ein wütendes Stöhnen war zu hören, dann hob sich Jerome Paisley auf die Knie, holte mehrmals tief Luft und kämpfte sich auf die Beine. Wo war der Baseballschläger?

Fred blieb auf dem Boden liegen. In seinem Bauch steckte das Messer von Deos Früchte- und Käseplatte.

Der Eingang zu Kairas Suite hatte eine Doppeltür, weil drinnen oft Partys gegeben wurden. Deo war überrascht, dass eine von ihnen offen stand. Er klopfte, und als keine Antwort kam, ging er hinein.

In Kairas Schlafzimmer hörte er den Fernseher. »Kaira?«, rief er.

Jerome Paisley erstarrte. Er sah hinunter auf Kaira, aber die war nicht in der Verfassung, auch nur einen Ton herauszubringen.

»Kaira!«, rief Deo wieder.

Keine Antwort.

»Hör zu, ich verstehe, wenn du mich nicht mehr sehen willst. Ich wollte dir nur deinen Brief zurückgeben. Ich werde ihn nicht verkaufen. Ich will nichts von dir haben.«

Jerome bewegte sich leise zur Tür hinüber und hielt den Schläger bereit. Er wollte Theodore Johnson nicht umbringen. Das würde die Sache nur komplizieren.

Kaira kämpfte darum, bei Bewusstsein zu bleiben. Sie versuchte zu schreien, hatte aber nicht die Kraft dazu.

Deo legte den Brief auf die Bar. »Ich lege ihn einfach auf die Bar«, sagte er.

Gut, dachte Jerome Paisley. *Hinterlass schön deine Fingerabdrücke auf der Bar.*

»Ich gehe dann also«, sagte Deo. »Danke fürs Mitnehmen. Und ich bin jetzt ein anderer.«

Er wartete einen Moment, um zu sehen, ob sein kleiner Witz sie hervorlockte. Als nichts passierte, wandte er sich zur Tür.

Kaira tastete mit geschlossenen Augen unter dem Nachttisch herum. Ihre Finger erfühlten ein Kabel, und mit ihrem letzten bisschen Kraft zog sie daran.

Krachend fiel die Lampe zu Boden.

Deo blieb stehen. »Bist du okay?«

Keine Antwort.

»Bist du okay, Kaira?«

Schnell ging er in den Wohnraum und weiter ins Schlafzimmer. »Kaira?«

Er sah Kairas Stiefvater gerade noch rechtzeitig, um einen Arm zu heben. Der Schläger krachte dagegen, brach den Knochen, und er fiel auf die Knie.

El Genius holte wieder aus, aber Deo drehte sich weg und zog sich mit Hilfe des Bettpfostens wieder hoch.

Er sah Fred blutend auf dem Boden liegen. Von Kaira keine Spur.

Deo holte ein paar Mal tief Luft und wich Richtung Fernseher zurück, während er sich auf den nächsten Angriff vorbereitete. Sein rechter Arm war gebrochen, aber er war Linkshänder.

Kairas Stiefvater stieg über Fred und hob den Schläger, aber Fred packte ihn am Fuß, und der Schlag traf den Fernseher, der mit einem grünen Blitz explodierte.

Deos linke Faust holte Schwung, traf El Genius direkt unter der Nase und streckte ihn zu Boden.

Mit einem Satz war Deo über ihm, schlug mit der Faust und mit dem Ellbogen auf ihn ein, bis Jerome Paisley bewegungslos liegen blieb.

Dann kam Kairas Friseurin Rosemary herein. Und begann zu schreien.

34.

Im Chaos von Polizei, Ärzten, Sanitätern, Fernsehleuten, Kairas hysterischer Mutter und den Leuten von der Tour, die herauszufinden versuchten, was passiert war, gelang es Deo, Kairas Brief von der Bar zu nehmen und ihn in den Kamin zu werfen.

Das Letzte, was er von Kaira und Fred sah, war, wie sie auf Tragen hinausgebracht wurden. Kaira war bewusstlos. Gleich nachdem sie die Lampe heruntergezogen hatte, war ihr schwarz vor Augen geworden.

Kairas Stiefvater musste von zwei Polizeibeamten gestützt werden, als er in Handschellen abgeführt wurde.

Fred konnte noch genug reden, um Deos Unschuld zu bestätigen, obwohl das kaum nötig war. Deo hätte angenommen, dass alle ihn als den Angreifer abstempeln würden, nachdem Rosemary gesehen hatte, wie er Kairas Stiefvater schlug, aber niemand zweifelte an seiner Geschichte. Vielleicht lag es an seinem Verhalten oder an den Latexhandschuhen an Jerome Paisleys Händen, oder daran, dass er Rosemary angeschrien hatte, sie solle die Polizei rufen.

Die nächsten zwölf Stunden waren ein einziges Durcheinander. Keiner von den Tourleuten fühlte sich verantwortlich, bis schließlich Duncan, der Bassist, im Berkeley Auditorium anrief und die Leute dort informierte, dass es kein Konzert geben würde. Da war es bereits nach acht Uhr.

Zwanzigtausend Leute stampften mit den Füßen und schrien: »Wir wollen Kaira!«, als schließlich ein Mann auf der Bühne erschien und fälschlicherweise verkündete, dass Kaira DeLeon ermordet worden sei. Viele der Fans heulten, andere suchten verzweifelt nach ihren abgerissenen Karten.

Deo wurde viermal von der Polizei verhört. Das erste Mal in Kairas Suite, dann auf dem Weg in die Notaufnahme, wo sein gebrochener Arm eingegipst wurde, und schließlich noch zweimal im Polizeigebäude. Am Ende unterschrieb er eine zehnseitige Aussage.

Erst lange nach Mitternacht kam er zurück ins Hotel. Morgens suchte er jemanden, der wusste, wie es Kaira ging, aber niemand schien etwas zu wissen.

Die Leute von der Tour hatten keine Ahnung, was sie tun oder wohin sie gehen sollten. Keiner wusste, wer die hohe Hotelrechnung bezahlen würde. Aileen, die Frau, die sich normalerweise um alles kümmerte, war spurlos verschwunden. Sie war nach Portland vorausgeflogen, hatte dort aber nie im Hotel eingecheckt.

Nancy Young schlug Deo nur halb im Scherz vor, dass er besser gleich auszöge, wenn er nicht auf seiner Rechnung sitzen bleiben wolle. Er nahm ein Taxi zum Flughafen und konnte sein Ticket auf den nächsten Flug umbuchen, allerdings nicht in der ersten Klasse. Aber das war ihm egal. Er schlief den ganzen Flug über, sehr zum Unwillen des Passagiers neben ihm, der ihn immer wieder wecken musste.

»H-Hast du keine Angst gehabt?«, fragte Ginny.

»Es ging alles so schnell. Ich habe nur reagiert. Aber wenn ich jetzt darüber nachdenke, krieg ich Angst.«

»Ich auch«, sagte Ginny. Ihre Augen wurden feucht, und sie tupfte sie mit dem Golden-Gate-Schal ab.

Es fühlte sich so seltsam normal an, wieder in Austin zu sein.

»Willst du deinen Namen auf meinen Gips schreiben?«, fragte er Ginny.

»Ja.«

Es war Sonntag. Sie saßen in seinem Teil des Doppelhauses. Auf ihren Spaziergang mussten sie verzichten. Die Straße stand voller Übertragungswagen und Kamerateams.

Deos Mutter hatte schon die verschiedensten Radio- und Fernsehreporter wegschicken müssen.

»Er möchte keine Interviews geben!«, hörte er sie sagen. »Können Sie das nicht respektieren?«

Es war schön, seine Mutter das Wort »Respekt« im Zusammenhang mit ihm aussprechen zu hören. Aber schließlich passierte es auch nicht jeder Mutter, dass ihr Sohn auf der Titelseite fast jeder Zeitung des Landes abgebildet war. Und fast immer stand in großen Buchstaben »Held« darüber.

Die meisten Zeitungen brachten allerdings die Tatsachen durcheinander. Glaubte man der Zeitung aus Austin, hatte Kaira ihm den Schlüssel zu ihrem Zimmer gegeben, damit er zu einem romantischen Rendezvous hereinkommen konnte, stattdessen aber platzte er in den Überfall. Einer der großen Nachrichtenkanäle berichtete sogar, dass er mit Kaira im Bett gewesen sei, als der Angriff erfolgte.

Seiner Meinung nach jedoch musste Fred die äußere

Tür offen gelassen haben, als er hineinlief, um sie zu retten, nachdem er von seiner Verfolgungsjagd zurückgekommen war.

»Weiß Kaira, dass du ihr das Leben gerettet hast?«, fragte Ginny.

»Wahrscheinlich hat es ihr jemand erzählt«, sagte Deo. »Und es kam in den Nachrichten.«

»Sie sollte dich anrufen.«

»Das macht sie sicher, wenn's ihr wieder besser geht. Sie ist schwer verletzt.«

Die Türglocke klingelte.

Seine Mutter rang die Hände in der Luft. »Warum lassen sie dich nicht in Ruhe?« Sie klang erschöpft, aber es war klar, dass sie jede einzelne Minute dieses Trubels zutiefst genoss.

»Ich habe Ihnen allen doch erklärt ... Oh.« Sie drehte sich zu Deo und sagte ihm, eine Polizistin wolle ihn sprechen.

Detective Newberg steckte ihren Ausweis wieder ein, als sie hereinkam. »Hi, Ginny.«

»Hi«, sagte Ginny.

»Ich müsste einmal allein mit Theodore sprechen, wenn es Ihnen nichts ausmacht.«

Falls Deos Mutter das überraschte, ließ sie es sich nicht anmerken. Deo nahm an, dass sie nichts mehr überraschen konnte.

»Komm, Ginny, sehen wir mal, wie viele Leute uns fotografieren.« Sie nahm Ginny bei der Hand und ging mit ihr hinaus.

Detective Newberg setzte sich zu Deo aufs Sofa. »Sie sind ja ein ziemlicher Held«, sagte sie, und ihre Wangen röteten sich.

Deo zuckte mit den Achseln.

»Ich wollte Ihnen nur sagen, dass ich einen anderen Fall übernommen habe. Ich habe meinem Chef erklärt, dass der Fall nicht weit führt. Und ganze zwei gefälschte Tickets, da lohnt sich der Aufwand nicht.«

»Dann suchen Sie also nicht mehr nach dem Ticketfälscher?«

Detective Newberg schüttelte den Kopf.

»Verstehe«, sagte Deo und bemühte sich, so zu klingen, als interessiere ihn die Sache nur am Rande. Ein kleines Lächeln entschlüpfte ihm aber trotzdem. Er hatte noch nie ein gutes Pokerface gehabt.

»Darf ich meinen Namen auf Ihren Gips setzen?«

»Äh, sicher.«

Er gab ihr den Marker, den auch Ginny benutzt hatte.

Detective Newberg hielt seinen Arm und fragte: »Was soll ich schreiben: Theodore oder Deo?«

»Äh …«

Wenn das ein Test gewesen war, hatte er ihn nicht bestanden.

Sie zwinkerte ihm zu. »Machen Sie sich keine Sorgen. Wie gesagt, der Fall ist abgeschlossen.«

»Wie haben Sie es herausgefunden? Hat Felix es Ihnen gesagt?«

»Felix? Der wusste Bescheid?« Sie schien ernsthaft überrascht. »Nein, ich habe einfach eins und eins zusammengezählt.«

Er hatte immer gewusst, dass sie es rauskriegen würde. »Ich wusste wirklich nicht, dass die Karten gefälscht waren«, sagte er.

»Oh, das habe ich mir schon gedacht. Der Mann, der die echten Karten gekauft hat, sagte mir, dass X-Ray sie nicht hergeben wollte, weil er sie einem Freund versprochen hätte. Erst dachte ich, das sei X-Rays Taktik gewesen, um den Käufer unter Druck zu setzen, aber dann begriff ich plötzlich … dass *Sie* der Freund waren.«

»X-Ray ist wirklich kein übler Kerl«, sagte Deo.

»Er käme besser klar, wenn er lernen würde, seinen Mund zu halten«, sagte Detective Newberg.

Deo sah zu, wie sie unterschrieb. »Ich habe Sie von Anfang an gemocht, wissen Sie?«, sagte er. »Ich fand Sie wirklich nett und klug und habe immer ein schlechtes Gewissen gehabt, Sie anzulügen, und alles.«

Detective Newberg lächelte. »Wie gesagt, alles im grünen Bereich«, sagte sie und malte einen fetten Punkt auf das i in ihrem Namen.

Kaira öffnete die Augen und erkannte ganz verschwommen Fred über sich, der auf sie herabblickte. Er trug ein Krankenhausnachthemd, und vielleicht hätte sie gelacht, wenn ihr nicht alles so wehgetan hätte.

»Wie geht's?«, fragte er sie.

Sie versuchte zu sprechen, konnte aber kaum ihren Mund bewegen. Ihr Gesicht war mit Verbänden umwickelt. Ernährt wurde sie über eine Kanüle, die ihr im Arm steckte.

Mit ihren Stimmbändern war auch etwas nicht in Ordnung, aber ihr gelang eine Art raues Flüstern. Fred beugte sich dicht zu ihr.

»Danke, dass du dein Leben für mich riskiert hast.«

Fred berührte ihren Arm. »Ich hab nur meinen Job gemacht, Miss DeLeon.« Er zwinkerte ihr zu.

Er wollte sich schon wieder aufrichten, aber sie griff

schwach nach seinem Arm und fing noch einmal an zu sprechen. Er musste sein Ohr ganz nahe an ihren Mund halten, um sie verstehen zu können.

»Tut mir Leid, dass ich so ein Idiot war«, sagte Kaira.

35.

Während der nächsten Wochen setzten noch viele Leute ihren Namen auf Deos Gips, und meist waren die Unterzeichner weiblichen Geschlechts und schmückten ihre Namen mit Herzchen und Blumen. In Wirtschaft bekam er zunächst keine Note und dann eine Zwei, nachdem er die Prüfung nachgeholt hatte.

Er hatte großes Glück, und das wusste er. Wenn Jerome Paisley mit seinem Plan Erfolg gehabt hätte, wäre Deo für den Rest seines Lebens hinter Gittern verschwunden.

Seine Fingerabdrücke waren auf dem Schläger gewesen. Das Messer stammte aus seiner Suite. Kairas Schlüssel wurde bei ihm gefunden, und im nächsten Brief von Billy Boy hätten sie Spuren seines Bluts und Haare von ihm gefunden. Dazu kam, dass er bereits vorbestraft war und sich kurz vorher noch im Café mit Kaira gestritten hatte.

»Wenn ich in der Jury gesessen hätte, hätte ich mich schuldig gesprochen«, sagte Deo.

»Nein, du wärst freigesprochen worden«, versuchte X-Ray ihn zu überzeugen. »Wie solltest du an den Schläger gekommen sein? Aus Austin konntest du ihn schlecht mitgebracht haben. Er hätte nicht in deinen Rucksack gepasst. Und außerdem sollte Ginny ihren Anfall vorgetäuscht haben, nur damit du Kaira DeLeon kennen lernen konntest? Wir hätten sowieso Detective Newberg um Hilfe gebeten, und die hätte herausgekriegt, wie viel Geld da fehlte. Und wie sollte dein Haar und auch noch Blut in den Umschlag kommen? Solltest du dich beim Haarebürsten geschnitten haben, während du gleichzeitig den Brief schriebst? Nein, das war alles zu offensichtlich. Wenn man einem was anhängen will, muss man schon geschickter vorgehen.«

»Du solltest Anwalt werden«, sagte Ginny.

»Anwalt«, sagte X-Ray und kam ins Grübeln. »Endlich kapiert ihr's. Ich verstehe was von der Kunst verbaler Überzeugung.«

»Auch als Schwachsinn bekannt«, sagte Deo.

Die drei saßen in Ginnys Zimmer, neben ihren ganzen Stofftieren.

Wie sich herausstellte, belegten nun die Beweise, die Theodore Johnson hatten überführen sollen, dass Jerome Paisley vorsätzlich gehandelt hatte, dass er vorgehabt hatte, Kaira zu ermorden. El Genius hatte jedoch so gut wie alles gestanden, und es sah nicht danach aus, als würde es überhaupt einen Prozess geben.

Deo war ein wenig enttäuscht gewesen, als der San Franciscoer Staatsanwalt ihm das gesagt hatte. Wenn es einen Prozess gegeben hätte, wäre er nach San Francisco geflogen und hätte Kaira wiedergesehen. Vielleicht wären sie zusammen nach Chinatown gegangen und hätten ein paar von diesen gedämpften Schweinefleischklößen gegessen.

Er hatte immer noch nichts von ihr gehört und keine Ahnung, wo sie war oder wie er mit ihr in Verbindung treten konnte.

»Ich finde nicht, dass du sie anrufen solltest«, sagte X-Ray. »Sie sollte sich bei dir melden! Schließlich hast du ihr das Leben gerettet. Sie hat sich nicht mal bedankt. Sie ist wirklich so eine undankbare …« Er redete nicht weiter, weil Ginny mit im Raum war.

»Sie hat ein paar schlimme Wochen hinter sich«, sagte Deo.

Nach dem zu urteilen, was in den Zeitungen stand, war Kairas Leben ein Albtraum. Diese Aileen hatte den Großteil des Geldes von der Tournee gestohlen, und es mussten noch eine Menge Leute bezahlt und das Geld für die Tickets zurückerstattet werden. Die Zeitungen schrieben, dass Kaira pleite war. Das Geld, das sie noch hatte, brauchte sie für Anwälte und Steuerberater. Natürlich, dachte Deo, hieß »pleite« für jemanden wie Kaira nicht das Gleiche wie für jemanden wie ihn.

Aileen war vor ein paar Wochen in Belize verhaftet worden, aber das Geld war nicht auffindbar.

Ein Polizist hatte entdeckt, dass Theodore Johnsons Flugticket übers Internet gekauft worden war, und dass mit demselben Computer auch ein auf eine Frau namens Denise Linaria ausgestelltes Ticket nach Costa Rica erworben worden war.

Schlimmer als der Verlust des Geldes war für Kaira aber der Verlust ihrer Stimme. Die Ärzte sagten, dass sie vielleicht nie wieder würde singen können.

Deo betrachtete Ginnys Stofftiere. Wie Hooter, die Eule, die nicht sehen konnte, oder Daisy, der Hund, der nicht hören konnte, wäre Kaira vielleicht eine Sängerin, die nicht singen konnte.

36.

Aber sie sang wieder.

Eines Morgens Ende Februar, als Deo gerade aufstehen wollte, hörte er ihre Stimme im Radio.

It's a lost and lonely kind of feeling,
To wake up wearing a disguise.
I lie in bed staring at the ceiling,
  I don't know who I am,
  There's little that I can
Fully recognize …

Allein und einsam fühlst du dich,
Wenn du in fremder Haut erwachst.
Ich lieg im Bett, starr über mich,
  Ich weiß nicht, wer ich bin,
  Es gibt so wenig, das ich
Ganz erkenne …

Ihre Stimme klang zerbrechlich, wie dünnes Kristall, das jeden Augenblick zerspringen konnte, und doch war jede Note klar und echt. Es gab keine Hintergrundsängerinnen und auch keine aufwendige Instrumentierung, nur die sanften Töne eines Klaviers.

But I'm taking small steps,
'Cause I don't know where I'm going.
I'm taking small steps
And I don't know what to say.
Small steps,
Trying to pull myself together,
And maybe I'll discover
A clue along the way …

Aber ich mach kleine Schritte,
Weil ich nicht weiß, wohin ich geh.
Ich mache kleine Schritte
Und weiß nicht, was ich sagen soll.
Kleine Schritte,
Versuche, mich zusammenzureißen,
Und vielleicht finde ich ja
Unterwegs einen Hinweis …

Deo lächelte, obwohl ihm ein riesiger Kloß in der Kehle saß.

Just to make it through the day and not to get hurt,
Seems about the best that I can hope,
Like coffee stains splattered on your sweatshirt,
There isn't any pattern.
Everything's uncertain.
It's difficult to cope …

Den Tag zu übersteh'n und nicht verletzt zu werden,
Scheint das Beste, auf das ich hoffen kann.
Wie die Kaffeeflecken auf deinem Sweatshirt,
Die kein Muster ergeben.

Alles ist unsicher,
So schwer zu bestehen ...

Aus dem Kloß wurden Tränen.

But I'm taking small steps,
'Cause I don't know where I'm going.
I'm taking small steps,
And I've forgotten how to play.
Small Steps,
Trying to pull myself together,
And maybe I'll discover,
A clue along the way ...

Aber ich mach kleine Schritte,
Weil ich nicht weiß, wohin ich geh.
Ich mache kleine Schritte
Und hab vergessen, wie man spielt.
Kleine Schritte,
Versuche, mich zusammenzureißen,
Und vielleicht finde ich ja
Unterwegs einen Hinweis ...

Die Kaffeeflecken waren immer noch auf seinem Sweatshirt. Seine Mutter hatte versucht, sie herauszuwaschen, aber sie waren hartnäckig.

And if someday my small steps bring me near you,
Please don't rush to tell me all you feel.
You don't have to speak for me to hear you,
If I softly sigh,
Look me in the eye

And let me know I'm real …

Then we'll take small steps,
'Cause we won't know where we're going.
We'll take small steps,
And we'll have too much to say.
Small steps,
Hand in hand we'll walk together,
And maybe we'll discover
A clue along the way …

Und wenn meine kleinen Schritte mich zu dir bringen,
Erzähl mir bitte nicht gleich alles, was du fühlst.
Du musst nichts sagen, damit ich dich höre.
Sieh mir in die Augen,
Wenn ich leise seufze,
Und lass mich wissen, dass es mich gibt …

Dann machen wir kleine Schritte,
Weil wir nicht wissen, wohin wir gehen.
Wir machen kleine Schritte
Und haben viel zu viel zu sagen.
Kleine Schritte,
Hand in Hand gehen wir zusammen,
Und vielleicht finden wir ja
Unterwegs einen Hinweis …

Sie sagte nicht, dass sie sich wiedersehen würden – nur dass, wenn … Das Lied konnte alles und nichts bedeuten. Vielleicht war es einfach nur ein Lied, zu dem er sie inspiriert hatte, und das war auch schön. Er war einfach glücklich, sie wieder singen zu hören.

Er konnte sein Leben sowieso nicht ganz auf Kaira DeLeon ausrichten. Er musste seinen eigenen Weg gehen, seine eigenen kleinen Schritte machen: 1. Den High-School-Abschluss. 2. Zwei Jahre College in Austin. 3. Gut genug sein, um an der University of Texas angenommen zu werden. (Jack Dunlevy wollte, dass er Landschaftsarchitektur studierte, aber Deo war nicht sicher, ob er für den Rest seines Lebens Löcher graben wollte. Er dachte darüber nach, ob er nicht Ergotherapeut werden sollte, damit er Menschen wie Ginny helfen konnte.) 4. Keine Dummheiten machen. Und 5. Den Namen Deo loswerden.

Small steps,
'Cause I don't know where I'm going.
Small steps,
I just take it day to day.
Small steps,
Somehow get myself together,
Then maybe I'll discover
Who I am along the way …

»Kleine Schritte,
Weil ich nicht weiß, wohin ich geh.
Kleine Schritte,
Gehe vorwärts Tag für Tag.
Kleine Schritte,
Krieg mich irgendwie zusammen,
Und vielleicht finde ich ja
Unterwegs raus, wer ich bin …